太阳河

TAIYANGHE

郭金世 著

青海人民出版社

图书在版编目（CIP）数据

太阳河 / 郭金世著. -- 西宁：青海人民出版社，2022.6
ISBN 978-7-225-06356-0

Ⅰ.①太… Ⅱ.①郭… Ⅲ.①诗集－中国－当代 Ⅳ.① I227

中国版本图书馆 CIP 数据核字（2022）第098596号

太阳河

郭金世 著

出 版 人	樊原成
出版发行	青海人民出版社有限责任公司
	西宁市五四西路71号 邮政编码：810023 电话：(0971) 6143426（总编室）
发行热线	(0971) 6143516 / 6137730
网　　址	http://www.qhrmcbs.com
印　　刷	青海雅丰彩色印刷有限责任公司
经　　销	新华书店
开　　本	880mm×1230mm　1 / 32
印　　张	8
字　　数	100千
版　　次	2022年6月第1版　2022年6月第1次印刷
书　　号	ISBN 978-7-225-06356-0
定　　价	48.00元

版权所有　侵权必究

从太阳河走向远方

石才夫

在我的印象中,郭金世第一次以诗人的面目出现,是在 2019 年,他的第一部诗集《青枫树》出版——他在诗集的扉页上说,这是献给父亲的。我读完《青枫树》的感觉,一是吃惊,这家伙不声不响,突然出了部诗集;二是从诗歌里读到了难得的纯粹。这种纯粹源自他的秉性,他的情感,他的为人。在那不久,金世和我,以及广西的一批诗人作家,有了一次隆林的采风之行。隆林是金世的家乡,他带着我们到德峨赶圩,喝苞谷酒。真正体验到仡佬族、苗族同胞的热情与真诚。

金世写诗,当然不是 2019 年才开始,他和广西的许多作家、诗人一样,都是来自相思湖,是相思湖作家群的一员。也就是说,金世的写作,应该始于 20 世纪 80 年代末。我们是广西民族学院(现广西民族大学)中文系的同门师兄弟,他小我三届,毕业后留校,当辅导员,做学生工作。他很投入,也极尽责,深得师生好评。在相思湖,他如鱼得水,很快被提拔,担任了领导职务,工作的繁忙可想而知。

在金世毕业参加工作的二十多年里,我很少看到报刊上有他的作品。倒是他的"酒名",不时耳闻——金世是仡佬族,几乎是在苞谷酒的熏陶里长大的。有海量,加上人实诚,"沙漠"的称号就这样叫开了。

但很显然,我们都被金世"骗"了,工作之余,喝酒只是他生活的很小一部分,剩下的时间,他都在学习,在写作。而且这种写作完全是非功利性的——他只是写,并不去考虑写出来的作品能不能发表。他只遵从内心,不迎合任何人。所以当他突然拿出新出版的诗集《青枫树》,我们都大吃一惊:原来,他的"沙漠"里,一直万物生长。

在《青枫树》里,他写了父亲,写一位一辈子埋首山寨,隐忍坚毅,传承仡佬族精神的一位普通男人。

如果说《青枫树》是写亲情的诗,那么《太阳河》就是写乡情+亲情。"白云游子意,落日故人情。"亲情、乡情和爱情,是古今中外诗歌永恒的题材。一方面是"易写",因为人人都有切身体会,不需要丰富的阅历;另一方面又"难写",因为写好很难。把人人心中有、个个笔下无的独特发现和感受写出来,是需要敏锐的观察和细微的体验的。写亲情、乡情（当然也包括爱情），最重要的一点，是要有真情实感，那种饱满的、及物的、带烟火气的人间真情。从《青枫树》到《太阳河》，诗人郭金世的这种情感是一以贯之的。更难得的是，他的这种情感不是廉价的"滥抒情"，而是节制、内敛的，有时候甚至是以笑写苦，让人读来百感交集。

在《太阳河》里，有两个地名被反复提到：仡佬寨、九十九堡。其实仡佬寨是有名字的，叫"平林"，但郭金世更愿意叫它"仡佬寨"。从诗歌经营的角度，这是很聪明的做法。"平林"虽具体，但只能单指，就是一个普通地名。而"仡佬寨"则丰富得多。"九十九堡"也是这样，带有鲜明的意象。在我的老家（壮族地区），也有一个地方叫"九十九墩"（"墩"是音译），传说这里有一块绝佳的风水宝地。"九十九墩"在哪里，人人都知道，但那个传说中的风水宝地，千百年过去，直到今天，也没人找到。这种表述，形"实"而实"虚"，实中有虚，虚中有实，正是诗歌之道。

从开始写诗，到出第一部诗集，郭金世用了近30年。时隔两年，又推出个人另一部诗集，用来写故乡和亲情，这不是光靠勇气就可以做到的。我和金世一样，都是从乡村走到城市，由农民的孩子变成城里人的。我的作品里，也有不少属乡情题材，但我还没想过，用一部诗集来写我的那个壮族村子新桃，因为这是有很大难度的写作。但金世做到了，而且出手不俗，整部集子情感充沛，落笔及物，这是了不起的本事。

如果说《青枫树》是郭金世的惊艳亮相，那么《太阳河》则奠定了他作为一个当代诗人，在新时代八桂文坛的独特地位。这个"独特"一是缘于他的仡佬族身份，另一方面，则是因为他作品呈现出来的鲜明个性和精神气质。

仡佬族总人口不到70万人，大部分聚居在贵州省。而广西的仡佬族则主要分布于桂西北的隆林各族自治县和西林县，人口仅3000多人，是广西十二个世居民族中人口最少的。我理解，郭金世是有民族自觉的，他知道自己的创作不仅仅是他个人的，也是仡佬族的。他作品里字里行间溢出的那种信仰的坚定、情感的深沉以及爱的温暖，就有了最合理的诠释。

我曾经开玩笑说过，世界上的诗，可以分为两种：看得懂的和看不懂的。有人以写出让人"看不懂"的诗为荣，并乐此不疲，玩文字游戏，在词语的迷宫里陶醉。很多刊物的主编们也愿意给这样的诗留足版面,生怕不如此而被认为"不懂诗"。我的态度历来是,这样的诗,不读也罢。金世的诗当然属于"看得懂"的。有一句俗语:"画鬼容易画人难",因为鬼长什么样,谁也没见过,画成什么样子都行。人就不一样了,画得像不像,人人都可以评判。写诗也一样,既要让人看得懂,又要有诗意,能触动读者的内心,这是不容易的。以《夏天返回老家》为例:

又是一个夏天,我坐在房顶浏览仡佬寨
阿妈坐在晒台上,一个人静静地
手里拿着那把牙齿缺了的梳子
梳理暮年,日子安详地从太阳河流过

每一根银发都各有各的去处
或在天上飘摇,或在泥土里繁衍生息
好多鸡纷纷去往林子里寻找虫子
那只猫还在灶台上打瞌睡,醉生梦死

与往年不同的是,今年夏天很通透
阿妈的腰杆褪去累赘,轻松了许多

刘医生的药发挥了作用，敷在腰椎
两个月时间，风湿掉落一地

尽管距离老家几百公里远，我的心
总是拽在阿妈的手上，很近很近
两颗心碰撞的声音紧紧地贴在一起
老房子，火烟还在慢慢爬上天梯

坐在房顶上的看着晒台，坐在晒台上的
望着房顶，两个人一个愿望，在风中
悬挂很久的目光相互牵手，心越来越近
夏天如此灿烂，天空传来熟悉的仡佬歌

第一节，"我"在房顶浏览，"阿妈"在晒台梳头。短短四句，人物画面跃然。把母亲梳头，说成"梳理暮年"，是实景虚写，为下文的展开作了铺垫。

第二节，头两句堪称诗眼："每一根银发都各有各的去处／或在天上飘摇，或在泥土里繁衍生息"。诗是需要有警句、佳句的，但这样的句子应是自然天成，不是刻意为之。如同刘熙载《艺概》所言："诗中固须得微妙语，然语语微妙，便不微妙。须是一路坦易中，忽然触着，乃足令人神远。"金世显然深谙此道。

第三节,通透的夏天,母亲的腰疾,刘医生,都很具体。无论是写景状物,还是抒发情感,都必须落到具体的人和事上,这是诗"回到地面"的关键。胡适在谈到新诗时,有一个说法:"凡是好诗都是具体的,越偏向具体的越有诗意诗味""那些不满人意的诗犯的都是一个大毛病:抽象的题目用抽象的写法"。

第四节,距离不能拉开"我"和母亲的距离。用语直白,表达的意思也很清晰。有人可能觉得,这样写未免浅了。其实不然,无论诗还是散文,"义"都是第一位的,语言需要服从它所承载的内容。"尝谓人之所以为人者,言也。言者也必归于道义,道与义泽于物而后已,至是则斯为不朽矣。故每属文不敢雕琢以害正。"(宋·苏舜钦 语)"不雕琢以害正",是《太阳河》语言的一大特点。

最后一节,很容易看出卞之琳《断章》的影子,但金世化用自然。"我"和母亲的相望,成为那个夏天最动人的风景。

在这首诗里,作者提到了仡佬寨、太阳河、母亲,正好诠释了《太阳河》"乡情+亲情"这一主题。全诗语言明白如话,表达的思想也不深奥，但这并不妨碍它成为一首好诗。在《太阳河》里，类似的好诗很多。

在形式上，《太阳河》的作品多采用四行、五行、六行分节，而且每一行的字数相差无几。这就使得整部书打开，有一种庄重的仪式感，让人联想到仡佬族文化的某种神秘。这可能是作者的无意识，也可能是有意为之。总之，《太阳河》最终呈现的，是一个赤子对家乡和亲人丰富、炽热的情怀，也是一曲仡佬民族的深情赞歌。

"诗品出于人品。人品惆款朴忠者最上。"（刘熙载《艺概》）金世正是"惆款朴忠"之士，我们期待他有更多的好作品问世。

是为序。

2022年2月22日，于石在居

石才夫，广西文联党组成员、副主席，中国作协第九、第十届全委委员，著名作家、诗人。

CONTENTS 目录

第一辑 太阳河之歌

太阳河	003
遗弃的月光	005
仡佬寨的冬天	006
仡佬寨变老了	008
弹唱的乐章	009
回到老房子	011
寂寞的寨子	013
灵魂的朝拜	014
离开即是铭记来时路	016
多年以后回到仡佬寨	018
老房子情结	020
那盏煤油灯	022
早　晨	023
仡佬寨诞生的定律	024
石　磨	025
太阳河的守望	027
九十九堡之魂	030

032　太阳河之歌

034　游走的寨子

036　苞谷籽跟随季节跳舞

037　走进苞谷地

038　酒　味

039　抚摸渐渐升温的太阳

040　太阳河的吟唱

041　掩埋的记忆

042　黄昏依偎的仡佬寨

043　秋雨夜话

045　土墙房

047　仡佬寨的秋天

048　雨中追逐阳光

049　垦　荒

051　三月，太阳河印象

053　月光弹拨的歌谣

055　梦回太阳河

苞谷地剪辑的底片　057
在太阳河源头安顿心灵　059
锄　头　061
无法逃离的往事　062
太阳河的青枫树　064
月光落在仡佬寨　066
太阳河穿过仡佬寨的心脏　067
苞谷地　068
酒　碗　069
一颗苞谷籽　070
太阳河蕴藏的不仅仅是水　071
变　迁　072

关于我的诞生　077
感　觉　079
我是仡佬寨的影子　081
蜕　变　082

第二辑　太阳河之子

084	寻找从前
086	站在祖辈的肩上收割太阳
088	用心晾晒太阳河的脊梁
089	释放仡佬寨的情怀
090	关于自己
092	哦，仡佬寨
094	我的灵魂流淌着一条河
096	夜半诗意
098	回　忆
100	在仡佬寨泅渡夜色
102	乡　音
104	我读懂了太阳河的去向
105	屋檐下
107	注定的
108	昼夜之间
110	这把年纪了
111	遇见太阳河

广西有个少数民族　113
致渐渐老去的人　114
梦回仡佬寨　115
孤独是孤独者的答案　116
被冬天隔离的心情　118
夏天返回老家　119
生命历程　120
被影子吞没的感觉　122
愿　望　124
又见太阳河　125
总　之　127
苞谷即将成熟　128
年关之后　130
我在深夜讲了　131
隐　埋　132
黄昏开始下山的时候　133
过了正月十五　134

135　哮喘那些事

137　在太阳河源头

138　这片土地

140　一片叶落的启示

142　一碗苞谷酒的往事

144　我想，我没有什么可讲的

145　一些往事

147　这个春天

148　简　单

149　回忆录

151　一场雨折断我的左手

153　我的选择

155　一匹瘦马驮走的日子

157　傍　晚

159　仡佬寨，我的灵魂栖息地

161　秋天的苞谷籽

在山上　165
思念是咀嚼秋天的阳光　167
在黑夜到来之前　168
默　念　169
乌　鸦　170
牵走堆积如山的家常　172
从此往后　173
自由意味着有更多选择　175
被窗帘吞噬的灵魂　177
阿爸的酒碗　178
另一个世界　179
生命之轻　181
时光从窗前滑落　183
一条鱼　184
无法丈量的爱　186
我们都是玩偶之人　187
假　如　189

第三辑　太阳河涅槃

190　酒桌上的仡佬话

191　想　法

193　想起与你爬上九十九堡

195　在短暂与永恒之间

196　最后的送别

198　时光歇脚的寨子

199　温度蒸发岁月的荒凉

201　等待春天发芽

202　风声挡不住苞谷酒的诱惑

203　等待陈年的仡佬话春暖花开

204　梦见熟悉的陌生人

206　阿爸·牛

207　致大山里的阿爸

209　泥土融化了梦想

210　我无法融入如此夸张的孤城

211　归去来兮斯人逝

212　寻找散落的叹息

诗意的哀歌　213

心情尝过的悲伤　214

走过的日子被洗劫一空　215

轻装前行是你最得意的收获　217

这条路连接着你我　219

一个季节从此开始　221

为你滴落如花的泪水　223

回到那个有纪念意义的地方　225

你的嘱咐悄无声息地发芽　227

日子拿捏光滑了水烟筒　229

等待布谷鸟升天　231

后　记　233

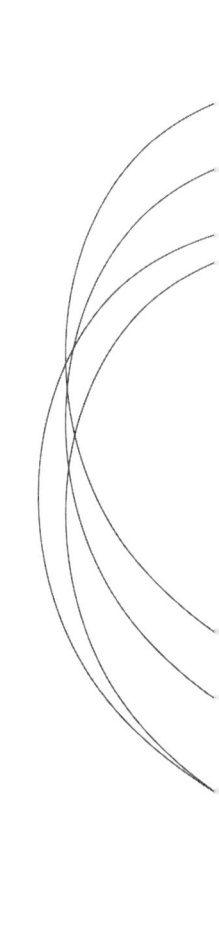

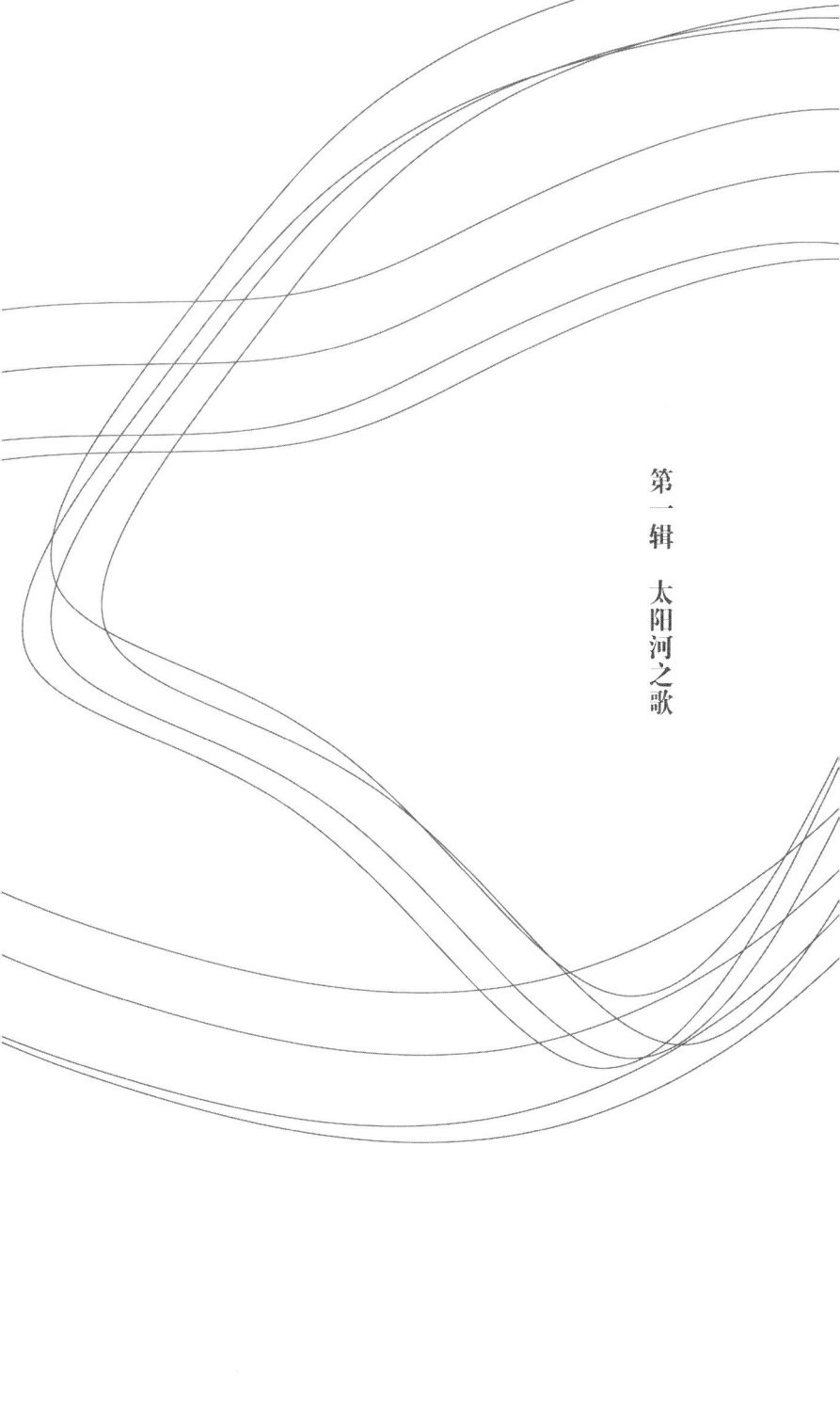

第一辑 太阳河之歌

太阳河

就是从九十九堡流下来的河
小小的河呀,总是在早晨
撕碎夜幕,流露沙哑的歌声
牵出第一缕阳光,回荡山间

自古以来,斗转星移
小河流过仡佬寨身边,从早到晚
梳洗仡佬人的头发,一轮又一轮
从小孩到老人,从黑夜梳到白天

小河勇往直前奔流着
在虚幻与现实之间
展示生命与情感的真诚
生生不息,坦坦荡荡

多少仡佬人沿着这条小河
寻找祖先遗留的密码
锁住生存的时光,深深地
滴落在粉色的晚风中

这就是太阳河呀
仡佬人的生命之河,融化仡佬寨
古老的故事,代代相传
讲述一个永恒的轮回

太阳河

日子散落在太阳河畔
点缀了来来往往的收获
生活在源头的仡佬人
把风俗存储在河之上

肆无忌惮地饮尽苞谷酒
太阳河风雨兼程，忙前忙后
周而复始，尽情地
收割九十九堡的阳光

遗弃的月光

从房顶上滑进空荡荡的山谷
青枫树、苞谷、牛羊以及仡佬人
瞌睡接二连三地钻进梦境
这时,仡佬寨还原了古老的本真

时间悠然自得地催生绿芽
双手心平气和地加速摆动
彼此轮换着目光穿透宇宙的黑洞
爆发只言片语,瓦片碎满房顶

所有生命都把自己存放的空间装满
灵魂马不停蹄,连夜奔跑
最后,月光遗弃在高高的九十九堡
张开双手抚摸渐渐升温的太阳

仡佬寨就这样走完了日子的程序
周而复始地牵动春夏秋冬
改变的是老人和小孩幸福的言语
不变的是代代相传的坚守与努力

仡佬寨的冬天

走过了那么多往来无常的春秋
终于,在这个冬天翻阅
仡佬寨遗留在墙上的文字
一片树叶,掉进云雾里
布谷鸟在九十九堡吟唱古歌
归去来兮!仡佬寨就结束了
一段四季交替的花开花落

老人们在菜园开始修补枯枝败叶
青菜的种子已经怀孕,盘算着明年
农家肥的力气让一切花枝招展
母鸡停止叫欢,不再风情
河水在地底下缓缓暗流春梦

雪花把天空抬起来,很高很高
依稀的月光笼罩着,若隐若现
归来者清脆的祝福
一阵凉风顺手牵走
老人们搀扶仡佬寨忧伤的背影

只有冬天,年轻人归来
仡佬寨像翻越日历一样跳动
纸张热闹非凡,冬天过后
老人的额头,还有寨子的脸面
又拉长了很多皱纹,深深浅浅的

第一辑 太阳河之歌

纵横交错,很像没有规律的日子
上下左右随意穿越仡佬寨的竹篱笆

仡佬寨变老了

渐渐地，仡佬寨也变老了
那些日子遗留的尘土，纷纷扬扬
并没有被一场忙碌的雪花掩埋
风也是衰老的，这干瘪的冬天

当初从另一个冬天搬迁来的脚印
消失在太阳河尽头，也开始凝固
鞋底上的岁月，几十年更换的冬天
也不能冻结尘世间的流言蜚语

长满仡佬话的寨子，到处都是
仡佬人无法用命抹去的记忆
永远安放在心灵的最底层
避免了一次又一次寒风的洗劫

落日和黄昏的颜色同时走在路上
前后紧跟着，一点儿也不会分开
偶尔也会交错位置，但是
谁也离开不了谁，直到同归于尽

仡佬寨能够承受的酸甜苦辣
陈旧的或不断翻新的酸甜苦辣
有些人走了，有些人还会再来
只是，仡佬寨渐渐地变老了

弹唱的乐章

滴落在云贵高原九十九堡的南面
有一个不算古老的仡佬寨
那里的一切就像一首山歌
唱尽仡佬人祖祖辈辈的生活
无论时光如何修剪地球的痕迹
那些森林周而复始地生长
也改变不了仡佬寨的愿望

仡佬寨至今一直在成长
刮风下雨,也会继续成长下去
在记忆流落的春夏秋冬,那些
来来往往、男男女女的仡佬人
以及那些此起彼伏的风声
像变换脸谱的季节,翻来覆去
永远在九十九堡碧波荡漾

日子环抱粗糙的青枫树,昂首
细数山上密密麻麻的月光,涂满
爬行在天空的影子,弯弯曲曲的
勾勒出一串串经久不衰的情怀
男人和女人也好,老人和小孩也罢
最终化作漫山遍野的青枫树
与风伴奏着丛林里布谷鸟的歌唱

太阳河

往后的日子总是如此美好的
理想收割了一切,咸淡的生活
秩序遵循着自然而然的规律
仡佬寨里的生命不断更新换代
柴米油盐中迎来送往的二重奏
谁也无法诠释其中的音符
谁都可以弹唱其中的幸福乐章

回到老房子

老房子在九十九堡的腰杆上坐着
期盼来来往往的客人歇一歇脚
门前那条泥巴路沾满很多脚印
房前屋后重叠着旺盛的青枫树
迎风左右对开的门窗，日积月累
被火烟熏成了黝黑发亮的泪痕

经过无数层老茧拿捏的木门
年复一年粘贴的财神重叠了
往来的时光，更换各种样式
是否真的能让老房子招财进宝
只有住在屋里的人，一代接一代
言传身教，才能明白财神的心意

堂屋的神台最显眼处，一方净土
贴着天地君亲师神位的字符
以及阿爸还原祖先留下的微笑
那慈祥的眼神里，长长久久
惦记着穿梭在房前屋后的鸡鸭牛羊

日子马不停蹄，在昏暗的房间
阿妈摇晃弯曲的脊梁迎接儿子
双腿被风湿蚕食，稍微有些迟钝
艰难地迈开延续生命的脚步，嘴上
不停地唠叨，还是孙女的笑脸好看

太阳河

这一切的一切,就像一场大雪
融化时光里生锈的歌谣,老房子
在煤油灯下阅读一些陈词滥调
祖先插满泥墙上密密麻麻的仡佬话
普度仡佬人灵念的传说,代代相传

从哪里来,或者要到哪里去
一个高深莫测的伪命题,人生哲学
山上的草木生长在老房子的毛孔里
浑身长满带刺的问号,人生的问号
答案落在仡佬人的心里,深深隐藏

寂寞的寨子

缺失孩子们打闹玩耍的仡佬寨
沉默了泥巴墙孤独的房子
被九十九堡的手掌牢牢托起
老人的咳嗽呛在沾满风声的门缝上
断断续续，呻吟锈迹斑斑的酒歌

在远方某个角落打工的年轻人
带走孩子们天生的童趣，稀里哗啦
连同仡佬寨和老人陈年的希望
消失在房顶上的火烟，一股接一股
渐渐地，扭曲了狂风奔跑的轨迹

树枝逍遥在仡佬寨四周
布满褶皱的光阴泛黄了天空
倒映着老人干枯而僵硬的手指
支撑悬挂在九十九堡的灵魂
静静地等着一切归来如初

想起那些热闹的场面，儿孙满堂
夏天的雨水顺着屋檐往下脱落
一颗颗泪珠打碎飞扬的尘土
湿透衣袖，老人的叹气声，一阵阵
像刀的影子切断了煤油灯蜡黄的光

灵魂的朝拜

悬挂在九十九堡上空的灵魂
和原来一样坚守,自始至终
记住那个胜利大逃亡的季节
一匹马和六个人,还有奔跑的心
穿越时光稀薄的空间,于是
地球上诞生了今天的仡佬寨

杂草一片接着一片顺风倒下
火焰洗刷过的土地,苞谷籽不停地
发芽,就像仡佬寨泥巴墙的房子欣然
生长着,养活一群追赶日月的仡佬人
从此以后,这山这森林以及这片土地
活起来了,没有一点失落感

山门被敲醒,布谷鸟的歌声引领着
灵魂雨花般蜂拥而至,求生的欲望
支撑着仡佬寨的每一片树叶
让记忆重新开花吧,让浮躁重回平静
还原逝者曾经坚硬的果实,甚至还原
失落的仡佬话,讲述苞谷籽发芽的传说

仡佬寨睡着了,真的很香很甜
这或许原本就是仡佬寨的灵魂
永久的朝拜,朝拜天地和草木
朝拜来时的路或者将要走去的路

磕了三个响头,接着继续向前走
身后堆满尘土,往前才是灵魂的歇脚处

离开即是铭记来时路

从九十九堡走出来的时候
我感觉自己背负着山的脉络
离开仡佬寨,去一趟远方
远走他乡,追寻梦想
一个人,在九月朦胧的早晨
渐渐消失在仡佬寨瘦小的视线

山脚下,河流欢快奔跑
我的心也一起奔跑,像日出
阳光翻越山头,烤热一片土地
照亮那辆颤抖的手扶拖拉机
把希望碾压成两道修长的脚印
清晰地缠绕着弯曲的山谷

每一次踏步都是走在九十九堡
延绵着很多祖辈的足迹
是我在画中走,抑或是
画带着我的思绪远游?
山上的一草一木沾满泥土的芬芳
这就是我时常梦回的仡佬寨

阳光随着月亮的身影滴落山坳
回家的灵魂追赶风声,一晃而过
犹如阿妈的背篓在山间小道摇晃
汗水像脸颊游动的苞谷籽,密密麻麻

稀里哗啦地敲响收获的喜悦
一切梦想都滑落在月光的脚下

多年以后回到仡佬寨

老房子的门板镶在黑色的火烟上
开门的吱呀声敲碎仡佬寨的宁静
开始了老人们一天的忙碌
追赶一群群鸡鸭牛羊满山奔跑

一个地图上没有落脚点的仡佬寨
因为我而沾上了城市的味道
行李箱散发出扑鼻的千里香
淡淡的,支撑了老房子的空旷

仡佬寨有一个山外叫不出声的名字
在我心中被反复叫唤:平林,平林
仡佬寨沿着一条瘦小的山路飘荡
在九十九堡腰杆上,山珍到处流浪

如此平淡的仡佬寨,总是被我牵挂
念念不忘,山路像童年的思绪
带走一串串无忧无虑的仡佬话
从房顶爬上高高的九十九堡,走向远方

这么多年过去了,世事变迁
哪怕走到天涯海角,地老天荒
记忆重复演绎渐渐远去的岁月
依然流淌的青春,热泪盈眶

多年以后回到仡佬寨,让我思想
在城市森林里穿梭,仡佬寨好像
一枚悬浮在楼宇间晃动的邮票
带着思念的密码翻山越岭,一路飘扬

老房子情结

岁月就像一只很有耐心的蜘蛛
在四季的轮回中把老房子涂抹暗淡
斑驳的墙角挂满蜘蛛的脚印
从这头耕耘到那头,密密麻麻的
整个屋子留下太阳和月亮的阴影
似是而非,谁也不能辨认年月的真假

无法锁住的命运逃脱瓦片的撕咬
主人的声音穿越墙缝引来星星
集满尘土的地板留下无数斑驳的记忆
多年以后重现,推开不曾锁紧的房门
放逐流浪的心灵,回归初衷
隐藏在日子搭建的空间,宽恕一切

年复一年,老房子还是收留所有
祖先的话语,以及晚辈坚毅的声音
像晴朗的天空撒满童年的欢笑
在仡佬寨坚守,自始至终
点燃老房子灿烂的面容,明晃晃的
任由时光修复,故事总是没有终结

无论过去的阳光,或者往后的风雨
邀约记忆的身影泅渡仡佬寨的灵魂
留下毫无修饰的情怀,谁也不能拦截
老房子渐渐衰竭的微笑,从古至今

所有在这里进进出出的人,无论远行

甚至回归,老房子情结依然埋在地基深处

那盏煤油灯

一直闪耀光芒,那盏煤油灯
点亮仡佬寨黑色的房屋
从茅草到砖瓦,灯下的人们在传阅
祖辈留下的仡佬话和心中的梦想

这个没有响亮名字的仡佬寨
住着一群追赶太阳河奔流的仡佬人
把灯点亮,在肥沃的苞谷地
收割一年又一年的希望

老人们经常在灯下对孩子讲
仡佬族前世今生的来龙去脉
说出火烧苞谷地的火烟
以及满山遍野的鸟语花香

灯光扶起人们的背影,抬头挺胸
背起行囊穿梭在太阳河的字里行间
从仡佬寨走向城市,从太阳河走向远方
揣着长辈的希望,寻找生命的曙光

来来往往的人多谢煤油灯不灭的光芒
凝练生活的杂碎,熊熊燃烧
热情的火焰直冲天空,高高的
把太阳河畔的泥土与记忆照亮

早 晨

太阳刚刚露出一丝微笑
黑夜就把星星收起来,所有的光
给仡佬寨换上微风洗过的衣裳
太阳河的波光煽动一群鸡鸭牛羊

仡佬寨的睡眠渐渐苏醒,悠闲的
人们叫醒每一根神经,洗掉劳累
头顶希望穿梭在高高的九十九堡
沿着弯曲的山路,在岁月中奔忙

鸡鸭牛羊呼唤的音符跳跃在九十九堡
生活的节奏追赶人们忙碌地弯下腰
与苞谷保持生长的速度,发芽的声音
抖落停泊在树枝上的缕缕阳光

仡佬寨的平静重新陷入杂乱无章
太阳追赶山梁上渐渐消散的身影
洒落在太阳河畔的田间地头
翻晒头一天晚上没有演绎完毕的梦乡

仡佬寨诞生的定律

阳光翻开仡佬寨每个生锈的角落
暴露一切阴暗与忧伤,厚重的森林
用陈旧的外套裹藏九十九堡的真实
衣冠楚楚地献给奔流不息的太阳河

夜幕把时间和空间化为乌有
一切虚伪毫无尊严可言,只有
只有风追逐抛入荒原无度的生灵
裸奔于荒诞与现实的意念界域

每种存在方式轰轰烈烈变换着
符号在昼夜黑白的夹缝中游离
却无法预知生命终结的日期
这难道就是上苍细心安排的归宿?

如果一切都是真实的谎言
那么,真实并不是真正的真实
生命应该追求的目标与价值
仅仅是一个诱惑灵魂的希望

终究世事难却,万物有规可循
不过是从无到有,又从有走向无
其实,无即是有,有也是无
这是仡佬寨诞生以来不变的定律

石 磨

高压线拉直仡佬寨与其他寨子的距离
电灯的笑脸点缀所有的门窗,从此
石磨开始沉睡,停止滚动山河的声音
在老房子忘记的角落,安安静静地
躺着,像一位历经沧桑的老人
不畏风雨,等着人世间冷暖的问候

那些过往的传说,石磨曾经
遭受三次大火的吞噬与煎熬
依然生存到今天,命运的坚强
除了依稀几位胡子花白的老人
偶尔想起石磨滚动的声音之外
没有多少人能够知道石磨的存在
比老人的生活更加久远,更加深奥

今天,石磨标注着仡佬寨的记忆
一种磨碎太阳与月亮的记忆
像九十九堡固定在太阳河畔旋转
磨去千年岁月,碾压出仡佬人
一代又一代子子孙孙成长的怀念

留下的空白,石磨用沉默书写历史
沉默到即使不说一句话,只要看一眼
只要看一眼皱纹的深浅,就会明白

日子沧桑的印迹,一个永远打不开的
心结,如同坚硬无比的石心

太阳河的守望

虽然是发源于九十九堡的小河
守望海的信念却坚若磐石
有人偶尔亲吻,也只是过客匆匆
几乎遗忘与海水共生共荣的悲欢
为了曾经拥有的狂热与呐喊
向往海的殿堂支撑着遥远的期盼

因为一道闪电划破海天相隔的门槛
在山谷雄狮般狂跳、奔腾、旋转
纵容阵阵山洪酿造悲剧的陷阱
无法乘风破浪是终生的遗憾
成就大海忠诚的守望者
想象冲天骇浪和拍岸惊涛静静地涅槃

诞生之日就与孵化洪荒的大海结缘
只有胆量与豪情是生存的帆
只有信心与毅力是征服的桨
在奋进的沉浮与跌升中感悟生命艰难
在同命运的搏击中握住自己的灵魂
安详于高高的山岗也眷恋海的圣坛

山谷寂静,独自嘲讽晴空浩瀚
把微笑和希望编织为云帆
在雄浑的山谷中缠绕屹立的桅杆
任凭狂风煎熬,岁月雕琢的记忆

太阳河

把海啸的诱惑交给无期的等待
击碎深山丛林空旷的寂寞与冷暖

悲壮的履历掠过容颜,向年轮追赶
作为一种见证,经过无数春花秋月
眺望远航的目光,却烁烁依然
因为注定属于那片包涵烈日的蔚蓝
仰望指向海天一色的桅杆
难以抑止的喜悦,在山峰上溢漫

誓言在潮起潮落中滋生皱纹的斑驳
因时间的飘逝而依附残缺的身躯
与张扬恐怖的风暴和播种噩耗的峡谷
奋战,始终无心着陆的思绪哟
将汹涌的呼啸揉成悠长悠长的绳缆
像风一样牵引时间发出的召唤

选择大海以后,无法割舍黎明的依恋
追求日落与日出的辉煌
以苍天无际的胸怀审视一切
以大地的坚强驾驭生命的永恒
从狂飙中走出困境,没有惊惧之色
让勇者永远怀念生命的惊涛狂澜

与生俱来,没有固定的港湾
只因勇往直前,远航是不朽的追求
群山堆砌的两岸支撑坚强的灵魂
在山与山之间寻求生活的平衡

从不干渴,从不隐瞒,活着
那么不卑不亢,那么开朗豁然

将过去的历史与辉煌在心中点燃
用心吸取大地释放鲜活的灵感
让山上的人们采集晶莹的奇传
为翱翔的山鹰提供一席栖身之地
哪怕销声匿迹,也要让山里的生灵
放歌生命的无限生机与浪漫

坚守一部用心与血书写的历史典范
一部恢宏的诗史与图腾,世代相传
剪断夏雨和冬雪,穿透彩虹和浮云
真诚地讲述世间的一切柔情与诱惑
自然界的生死哲理,彰显于字里行间
断言追寻大海不朽的纯真与梦幻

九十九堡之魂

总是这样,灵魂袅袅飘然升起
风雨亘古不变,欣然催生满山万物
百般困苦磨难而斩不断缕缕情丝
萦绕九十九堡之巅,旷日持久
时光滋润泥土,泥土孕育一切

高高在上,藐视所有细微
俯瞰重峦叠嶂的躯体
倾听千秋万代的呼唤
时光遗弃的烙印与记忆
消失在雨水和阳光之间的战争

日子层层叠加,不断地延伸着
头颅高昂直立,再次被岁月涂改
风尘穿越时空隧道,在地平线上
傲然崛起血肉丰满的森林
渗透太阳的血管延续代代生机

没有遗憾的泪水流连山川河流
历尽艰辛,在广袤的原野随波逐流
岁月呻吟,孵化咆哮的太阳河
波涛汹涌,驱赶曾经的卑微
苞谷籽发芽,燃烧向往天空的渴望

无数次呐喊与征服都是重新开始
也许，结果就是源头或者起点
从哪里来到哪里去，大步前行追寻
梦幻与现实的区别在于得失之间
游离而坚定的信念与勇气，生生不息

太阳河之歌

从古到今,太阳河白发苍苍地奔流
然后,安详地躺在单声道的源头涅槃
那川流不息和肆无忌惮的前行
人们听到一阵阵翻卷巨浪的呻吟
尘土般飘扬,一种自由的享受
但生命的支点在何处始终无法寻觅

虽然不承认上天会有莫名的恩赐
却把自己裹进孤独广袤的原野
虽然用自己的血清洗锈迹斑斑的双手
却将手紧紧掐住自以为坚硬无比的喉管
森林在荒漠无情的欢呼声中渐渐衰竭
引诱逝者提着棺木追问生者灵魂的真谛

有的人刚刚诞生就开始篆刻不朽的墓碑
有的人制造美丽的废墟把自己推向深渊
有的人翻阅兽皮诠释太阳河弯曲的指纹
蜡黄的教案在讲坛上舞动聪明才智
张开嘴吐泄一些之乎者也的泡沫
谁说谁都有理,其实谁都毫无道理

终于有一天,摇摇欲坠的温床轰然断裂
最后一幕倒挂在墙上,如洪水四处掠夺
黄昏的大门被天然沉睡的遗梦敲醒
酣甜的夜幕,踏进一位忠诚的虚伪者

据说要建立一种主宰命运的公平机制
似太阳河把人们的期盼引向乐土的慰藉

也许这是求生者寄存于温室的一种愿望
无论如何面临危机的时候使人产生依托感
甚至满怀信心不顾一切地坚持生活的规则
这何尝不是一种安然续命的最佳方法
只要生存的位置尚有百分之一的希望
人们总会付出百分之九十九的努力

想欺骗别人却先被别人欺骗已习以为常
想为此申辩却不能抹掉那段褪色的记忆
终生希望的过去与未来无所谓有无
悲剧首先由希望者在不知不觉中导演
最后悲剧舞台上演希望者无知的悲剧
——彻头彻尾的希望的悲剧

掀开生辰的日记,发现自己赤裸的经历
在苍茫拥挤的宇宙中来来往往悬游
无数双惊诧变异的眼睛穿越透明的躯体
触摸心灵裂痕,裸露膨胀升温的血管
欢快跳动的热血奔向辽阔无边的天际
渐渐地,染红一片古梦追寻的海域

游走的寨子

火烟带走瓦片，融化在夜幕中
门神挥舞大刀与钢鞭，夜以继日地
守护着爬满黑蜘蛛的泥巴墙
缝隙穿透几丝煤油灯的光亮

老人的咳嗽夹杂着阵阵响亮的狗叫声
伴随小孩孤孤单单的酣睡
是仡佬寨依然生存的标志
飘落在宇宙指定的板凳上

一个独处九十九堡腰间的仡佬寨
因为我和我的兄弟姐妹们
忙碌在中国的四面八方
背负着年轻人追求生活的行囊

一个没有响亮名字的仡佬寨
寄宿了一代代平平凡凡的仡佬人
随同季节变换而翻越九十九堡
寻找人生酸甜苦辣的分量

无论仡佬人的足迹点缀到哪里
古老的仡佬话总是在讲述
仡佬寨变成手中紧紧握住的
一张思念与回忆的邮票

一个普普通通的仡佬寨
像信封一样隐藏太多太多的秘密
沿着那条纤细的山路奔走
把仡佬人的希望遥寄远方

苞谷籽跟随季节跳舞

太阳河的季节长满青苔
变换着脸谱，不停地
在黑土地里跳舞，欢庆
庄稼的又一个成年仪式

苞谷籽催着生锈的锄头
锋利的牙齿唤醒土地
沉睡了一个冬天的神经
一阵接一阵地生长

栽苞谷的人从春天的早晨
忙碌到夏天的夜晚
唱着苞谷籽弹拨的民谣
走进苞谷酒陶醉的梦乡

秋风稀里哗啦地卷走
苞谷地金黄金黄的波浪
翻滚九月火辣辣的太阳
滴落了丰满醉人的汗珠

又是一个瑞雪兆丰年
苞谷籽鼓起勇气奔走相告
手牵手在晒谷场上狂欢
跳起来年希望的舞蹈

走进苞谷地

太阳河畔瘦小的山路背负脚印
走向收割四季阳光的苞谷地
像一个蚂蚁庄园充满家禽
欢乐的舞步,一片喜气洋洋

梦中醒来发现自己的梦想
变成一颗非常圆润的泪珠
滴落进丰腴的苞谷地里
生根发芽,茁壮成长

苞谷籽在春天的耕耘中苏醒
翻阅每一寸土地凝练的仡佬话
庄严地向宇宙宣誓
一个骚动的季节从此不再寂寞

顺着牛羊的脚印,走进苞谷地
与秋天的心愿一起
书写天空高远的诗歌
以及每一颗苞谷籽的未来

收获总是真实的存在
太阳河畔静静地储蓄
足够的营养,最后流入苞谷地
播种来年的春天,充满希望的春天

酒　味

酒碗很小，却装下整个世界
苞谷酒，在酒碗里荡漾
日子的冷暖在摇晃的酒中绽放
鲜艳夺目，一种生活的味道
弥漫了生存的空间，穿越仡佬寨

仡佬人的生命在酒碗里跳动
从古到今，所有的日子
向着太阳示意苞谷酒的醇香
迎风而上，匍匐向前
这样豪迈，生活永远在路上

春夏秋冬与冷暖交错，酒味
从舌尖上渐渐蔓延太阳河畔
泥土的神经收集阳光的思绪
放逐风声，一路翻山越岭
仡佬人的梦想也飞出九十九堡

一切思想跟着太阳河奔向远方
孤独与喧哗，生活的味道
如同九十九堡的春天，顷刻之间
泛起了仡佬人一生的幸福与安康
在酒碗里狂欢，在山谷里回荡

抚摸渐渐升温的太阳

月亮从九十九堡滑落,空荡荡的山谷里
青枫树、苞谷、牛羊以及人们的瞌睡
被接二连三地丢进平静的太阳河畔
仡佬寨这时候就还原了古老的纯真

时光悠然自得地生长很多苞谷籽的嫩芽
心平气和地加速摇摆四肢,晃晃悠悠
彼此轮流交换目光,穿透宇宙的黑洞
仡佬话吐出只言片语碎满房顶上的瓦片

所有生命都把自己该储存的空间装满
一种灵性,马不停蹄地连夜赶路
最后,将月光遗弃在高高的山梁上
张开臂膀等着,抚摸渐渐升温的太阳

仡佬寨就这样走完了日子滚动的程序
周而复始地牵动春夏秋冬和那片苞谷地
改变的是老人和小孩幸福的言语
不变的是代代相传栽种苞谷的记忆

太阳河的吟唱

太阳河的羊肠小道如梦丝一样
延伸着一种深深的寄托
在岁月的忧思里,渐渐地
仡佬寨生长了锈迹的青苔
一点一点,堆满生活积淀的尘土

孤独与寂寞,满山的野花
依然铺开很多很多斑斓的色彩
泥土也渗透了传说中的芬芳
像一首歌谣以及那个古老的故事
讲述时光中流动的诗情画意

有人说过离开太阳河就很难回头
总把乡愁悬挂心头,其实呀
回与不回,那颗爱恋的心
怎么也走不出太阳河的胸怀
以及漫山遍野密密麻麻的树林

不是吗?那条瘦小的山路那些行人
太阳河的仡佬话传到很远很远的地方
像当初牧歌式的吟唱,从来没有断流
老年人和年轻人的对话,简简单单
情真意切,生怕失传的古训全都珍藏

掩埋的记忆

冬天的仡佬寨没有诗歌的欲望
大雾切断一段古老的历史
母系社会思想重构太阳河
男人或女人不再是叔本华书写的
坚韧晦涩的哲学,一种臆想

这片苞谷地已经被谎言卷走
剩下干枯的裂缝交错晃动
沉默的石头把良知风干
悬挂在滴血的枝头,一滴一滴
流尽所剩无几的日子

谁能把记忆掩埋,在仡佬寨
冬天的颜色,漫无边际
即使一万年以后(一万年不长)
也无法唤醒的神树,在九十九堡
依然枝繁叶茂,花开花落

尽管被掩埋,时光也会重新开花
太阳河畔的苞谷籽再次发芽
黑土地流淌的血,带来春意盎然
每一次白天与黑夜交替,总是这样
在记忆被叫醒的时候,没有改变过

黄昏依偎的仡佬寨

仡佬寨很小,六个泥巴墙围起来的房子
盘腿坐在九十九堡腰间,黄昏吹散夕阳
山顶上开始撒下月光的声音,很清脆
整个寨子尽收其中,喧嚣消逝散尽

老人等了一整天的瞌睡开始下山
把小孩早早安放在黄昏的余温里
收拾残阳,还有那些家禽相互调情
按部就班地列队入圈,晒台上
苞谷花吐露金黄,苏醒的煤油灯光
映照四季的汗水开始播种多余的思想

这些年,生活信息不断充斥仡佬寨
起早贪黑的密码变成黄昏遗落的乳房
经脉连心,水草反刍苞谷酒的味道
不用担心老人的皱纹在打发日子
掰着指头盘算黄昏过后,明月高照
翻开孕育来年呵护的葱葱春芽
喜气洋洋,梦见歇脚九十九堡的曙光

秋雨夜话

这算是今年的第一场秋雨
轻轻地抚摸着宇宙的黑幕
还好，早早就赶到仡佬寨
为了感知那些暗淡的颜容
以及重复多次的只言片语

在这样一个关键时节
秋天第一次带着雨点
准备一个潮湿的夜色
像年轻时经常翻唱的山歌
湿润了仡佬人匍匐的土地

别离的时候谁也没有想到
用泪水埋下沉默的苞谷籽
终于发芽了，稚嫩无比
希望这场秋雨过后，太阳河
收获更多丰满的欢歌笑语

此时，比秋雨来得更早的
竟然是那些多年的愧疚，谁
应该为此承担责任，很显然
用秋雨编织的窗帘，一定会
把天空撒下的谎言全部复原

太阳河

秋雨针尖般刺痛的神经
还原了默然一生的旅程
是否有更多的悲凉还在等着
一些迟到的暖意,或许没有
伴随雨点打动久别的心情

所以啊,无风的秋夜笼罩一切
雨点轻轻地撒满仡佬寨,有人
站在门槛上,用心把脉思想
让雨声敲醒瞌睡的记忆,同时
满足仡佬话牵挂已久的思念

土墙房

作为仡佬寨的活见证
暗淡的颜色呈现衰老的速度
已经很久没有人居住了
依然坚守当初的信念不变
消逝的外表和构架,不断重复
张贴仡佬人匍匐向前的脚印

一位老人以同样的姿态
与时光并排而站,像一座山峰
额头的皱纹如同泥巴墙上的裂痕
渗透着一群拓荒者的目光
穿透了太阳河畔这片原始森林
以及那些随着风声奔跑的野兽

瓦片上熊熊燃烧的青烟
以及泥巴墙里生长起来的过往
记忆着仡佬人的汗水和苞谷酒
让生锈的日子数落一切,从此
走进走出的老人和小孩,甚至鸡鸭
他们一直保存祖辈沉淀的习惯

季节交替过程中滋长的蜘蛛网
在屋檐下埋藏生活的欢声笑语
趁着狂风暴雨到来之前
把一切鸡毛蒜皮的经历

晾晒于透明无比的月光之下
慢慢阅读，慢慢书写，慢慢品尝

仡佬寨的秋天

如期而至，这个秋天
仡佬寨的苞谷遍地金黄
老人和小孩都无法深度瞌睡
风的流动也是有气无力的累

苞谷甜蜜如同天上行云
布满土地的皮肤，无法阻挡
苞谷花的味道洗劫九十九堡
额头上一片欢声笑语

仡佬寨的秋天，丰收的季节
苞谷花卷走太阳河的干枯
天气走走停停，也篡改不了
固定的颜色，坚守一种金黄

稀释了夏天烦躁的情绪
和一些走了半辈子的杂碎
偶尔有些雨水，也是安慰
时光耽搁在途中的心情

一碗苞谷酒倒映秋天的景色
静静地，礼让秋风扫落叶
静静地，季节在屋檐下等着
苞谷成群结队归来，挂满房梁

雨中追逐阳光

大雾笼罩九十九堡
天上有什么谁也讲不清楚
独居山腰的仡佬寨
到处是狂躁不安的蚂蚁

赶山的布谷鸟大声叫喊
好像雨点拍打心灵的玻璃
碎了一地响亮,似乎
魂归何处无法自由选择

此时此刻,山雨欲来风满楼
谁都想着法子逃避一场灾难
但是,谁都无法逃避
自然法则的任性,这是事实

雨中总是追逐灿烂的阳光
众望所归,惊醒之后突然回忆
曾经的风景永远离去,但愿
眼前滴落的荒凉变成一片光明

让蚂蚁记得风雨装饰的过往
颓废了的季节终究孕育希望
仡佬寨的命运依然努力坚守
永不放弃,追逐阳光的理想

垦 荒

很久以前的一个早晨,天空还在做梦
一匹马驮着家什和仡佬人的梦想赶路
没有公路和汽车,也没有保暖的衣裳
一匹瘦马和六个人在寒风中翻山越岭
长发、关拱、克长、那甲、平班和者艾
还有一些不知地名的寨子与河流
穿过九十九堡的梦乡进入今天的仡佬寨
就这样,完成了仡佬人命运的拓荒

仡佬寨,九十九堡的一个小地名
很久以前有人家有火烟的繁衍生息
也是以前的人家和火烟消失在森林里
成片的青枫树、泡桐树和无名的花花草草
唯一能证明有人居住的那棵棠梨树
又高又大,需要五个人才能围抱
花开璀璨,点缀这片荒凉土地的生机

一切从头开始,路踩在野猪的脚印上
生火,架锅煮饭,砍柴,搭起狗座棚
青枫树倒下,仡佬寨开始火烟袅袅
一片生机盎然,木头支撑的茅草屋
在九十九堡,像几片树叶一样成长
从此,三户仡佬人家陆续搬来
沉默许久的深山热闹非凡,仡佬话
赶走野兽,也赶走九十九堡的荒凉

太阳河

一切欣欣向荣,麻雀、斑鸠也欢唱
生活闪动着欢乐繁忙的面孔
锄头、镰刀、犁铧在太阳河畔闪光
仡佬人笑开怀,火焰卷过肥沃的土地
苞谷籽迫不及待,在春风里怀孕
阳光雨露过后,苞谷花争奇斗艳
老人,小孩,一切鸡鸭牛羊的舞蹈
非线性的生活秩序接二连三地狂欢
五彩斑斓,跳动在春暖花开的太阳河畔

秋风染黄房前屋后和田间地头
苞谷压弯房梁,填饱大肚子箩筐
火塘、煤油灯、手电筒照亮太阳河
像阳光穿透黎明,抛洒一地欢歌
各种话语吟唱仡佬人辛劳的音符
欢声笑语,喜迎丰硕与壮美
苞谷酒的烈性在镰刀的锋口上飞溅
垦荒者耕耘了一片燃烧的希望

三月，太阳河印象

三月的风夹着暖意，掠过九十九堡
脱下阳光，温暖太阳的森林和泥土
体温开始苏醒，还有鸡鸭牛羊撒欢
杂乱无章的歌声逃进山谷，叫唤着
杜鹃花招惹飞禽走兽竖起耳朵聆听
踏春的时候，一切都是那么清新
翻晒冬天的凉席在弯曲的山梁上

仡佬寨张开紧闭的门窗
吐出窝藏了一个冬天的心情
缓缓地，把阳光牵引到香台上
点亮太阳河一年一度的祭祀情怀
一只只燕子从屋檐奋力鼓掌
起飞，几里一徘徊，嘴中的春泥
一点一滴，把冻坏的老窝重新修补
也垒起了繁衍后代的信心和能量

此时此刻，那些走出太阳河的人
也像燕子一样随着三月从远方归来
带着无限虔诚，让心中的香烛
点亮亲人的遗像，叩首祈祷自己
不是最后一个走出太阳河的人
太阳河很老，亲人也会相继离世
但太阳河养育的一代新人胜旧人

太阳河

三月,太阳河孕育了一年的憧憬
苞谷籽、青枫树苗、雌性的蜜蜂
像天书梵文,在山坡上晾晒取暖
以及小孩的书包都繁忙起来
谁也不让谁,谁也没有干扰谁
担心错过三月的滋润,就会错失
一年的收获,甚至终身的希望

月光弹拨的歌谣

仡佬寨对于我来说再熟悉不过了
每一棵青枫树,每一片苞谷地
像我自己的身体一样,时时刻刻
驻扎我的灵魂和对仡佬寨的爱恋

如此坚硬的情节滋润发芽的土地
生长着我和我的祖先依赖的营养
裸体的山峰沐浴在太阳河两岸
接受自然风景的层层打磨与抛光

我很喜欢仡佬寨来去自由的光景
即使偶尔遇到天灾,也稳稳当当
躺在九十九堡山腰畅饮苞谷酒
酒歌跟随山风,碎满一片树林

仡佬寨在阳光下追赶鸡鸭牛羊
带着彩虹满山奔跑,拥抱岁月
聆听月光弹拨悠扬的民间歌谣
一种仡佬话世代相传的酒歌

我经常用我的身体描述仡佬寨
豪放的性格和宽广的胸怀
还有那些绽放在泥土里的坚强
展现仡佬寨安静的睡眠和遐想

太阳河

虽然,很多寨子与仡佬寨一样
镶嵌在太阳底下忙碌着、欢腾着
也未必有着仡佬寨的闲暇与悠然
让我从情感上切割一点点也是疼痛

梦回太阳河

站在九十九堡最高处
眺望太阳河穿越人世间的地平线
影子负载着晃动的身体
某些疤痕已经变成空白的传说

即使天荒地老，依然捡拾当年
散落在太阳河畔的脚印和童心
以及那些单调的喜悦，记忆犹新
变成整齐列队的诗行匍匐向前

自从书写第一行诗歌开始到如今
几十年光阴弹指即逝，岁月瞬间
把太阳河凝练成坚硬无比的话语
铆在九十九堡半山腰，亘古不变

萦绕着太阳河，思绪不断流淌
陈年的汗水长满青苔依附墙壁
用心抚摸那片潮湿的印象
一切如故，弹拨幽静的时光

老人们枯萎的背影越来越瘦小
犹如晾晒在屋檐下的乡愁
呼唤一群家禽争相啄食嬉戏
从早到晚重复演绎生锈的日子

太阳河

月光编织的乡音笼罩一片天空
映照古老的欢乐,在山梁上延伸
盘根错节的思乡情结,悄悄然
坠入今生今世无法逃匿的梦境

苞谷地剪辑的底片

翻阅太阳河,大片大片的苞谷地
春天,苞谷籽在泥土里谈情说爱
一阵暖风吹走苞谷籽羞涩的外套
彰显一切季节未曾打扰的时光

空气在夜间滴落晶莹剔透的露珠
湿透苞谷芽稚嫩的肌肤,慢慢地
送上泥土的营养,催促苞谷成长
在知了声中变换绿油油的盛装

于是,苞谷地像依附自然的书页
齐刷刷地生长着茂盛的诗行
还有麻雀、野花和布谷鸟的爱情
伴随青蛙声剪辑太阳河的底片

太阳烫伤苞谷地上的生灵
染黄秋天的温度,苞谷的轮回
在山中点燃仡佬寨隐藏的煤油灯
照亮仡佬人的梦想,自然而然实现

冬天,苞谷地披起雪花打瞌睡
整整一个季节,被苞谷酒灌醉
只好陪伴月光,静静地等着
一声春雷,敲醒紧闭的房门

苞谷地长出苞谷苗,漫山遍野
开出的苞谷花结出苞谷籽
酝酿的苞谷酒陶醉九十九堡
延续仡佬寨祖祖辈辈的血脉与情怀

在太阳河源头安顿心灵

半个世纪,在太阳河源头休养生息
日出日落,月缺月圆,变成一滴水
被太阳河无声无息收藏在灵魂深处
晶莹剔透,闪耀着时光流动的波纹

从九十九堡欣然而出,无私无畏
老天赐给仡佬寨温床养育一切生灵
森林、家禽、苞谷酒以及仡佬人
依附在太阳河畔吸取太阳的营养

太阳纵身一跃,真诚地在心底感慨
没有什么如此广袤无垠,重峦叠嶂
比时间还要坚强,享受第一缕阳光
黄昏沿着太阳河收集日落的声音

从源头开始寻觅奔向远方的梦想
让诗歌生根发芽,在太阳河畔成长
自强不息的力量和传递诗意的远方
除了责任,已谈不上什么伟大与高尚

感谢太阳河的养育,用生命浇灌
时间的浪花泼洒青春的味道
成为一棵青枫树,在太阳河源头
安顿心灵,慰藉河水的滋养

太阳河

轮回也罢,归宿也罢,太阳河看着
外界的信与不信,其实并不重要
重要的是太阳河用坎坷的生命呵护
繁荣的忔佬寨,生命献给永恒的自然

锄 头

时光已经没有办法擦亮的锈迹
以一场除草剂的革命淹没杂草的欲望
被瞌睡遗忘在墙角,牙齿长满流言蜚语
蚂蚁开始在木把上安家,繁衍生息

好多年了,被泥土或杂草挤出苞谷地
与寂寞相伴,与一切光明断绝关系
偶尔被风抚摸,蚂蚁就倾巢出动
捕风捉影,收藏苞谷籽的愿望化为乌有

也许,所能承受的并非虚无的压力
从牙缝里掉落的尘土,甚至或者
从木把上长出嫩芽的苞谷籽
被除草剂在没有月光的夜晚卷走

苞谷地还是那片苞谷地,苞谷籽不停地
更换,苞谷籽更不懂曾经在苞谷地里
流淌很多汗水,脱落很多层皮,苞谷酒
醉倒一个寨子和一个冬天真的很不容易

只有自己懂得自己还是一把锄头
生锈在寂寞中,在昏暗的墙角落泪
为了一碗浓烈的苞谷酒,为了传承古训
身子硬朗,走进苞谷地的愿望不会改变

无法逃离的往事

人到中年,一些往事越来越无法逃离
回到童年时代的仡佬寨,把心隐藏
一个很有味道的年月,在太阳河
流动的诗歌凝结当年幼小的记忆

一切依旧那么充满诱惑,充满信任
老房子还是老样子,只是泥巴墙
被时光剥离了无数层皮,越来越薄
衰老的褶皱清晰可见,或者唾手可得

晒台还是老样子:苞谷、南瓜、麻雀
以及其他丰收的岁月,落满一地
只是曾经的老人不见了,那些手拉手
一起长大的孩子也都开始走向暮年

寨上的太阳也是老样子,青枫树
被秋天烘烤,黄澄澄的,吊在九十九堡
但是,因为离开的时间已经太久
覆盖乡愁的火烟多了几层生疏的情怀

而家家户户屋里屋外,挂满喜悦的脸
完全再现了童年的印象,还是那么灿烂
腊肉、辣椒、苞谷以及孩子们的追打吵闹
一个桃园盛世的仡佬寨在山腰上跳舞

再次被离别多年的思念从头到尾梳理
认识或不认识,无论时间的距离如何悠长
诗和远方必定无法逃离太阳河的想象
永远镶嵌在这平静如水的泥巴墙上

太阳河的青枫树

重新收拾那些零零星星的诗句
残缺不齐,或许变成或许
散落在太阳河的某一棵青枫树
记忆中那段十分饱满的时光
虽然已经分别很久,草木开花
花开花落,孤单从来不愿陪伴

很多年的难得相见已成偶遇
想起当初的味道,蘸在舌尖上
以为从此再也没有见面的机会
匆匆那年,关掉一扇房门
却敞开心扉迎接飞蛾扑火
几个来回,生活琐碎得一塌糊涂
千疮百孔浸透日子残留的月光

因为曾经想见,所以在苞谷地
预埋永久思念,苞谷花灿烂
太阳河畔,潮流逼近心头
一股冲动戳穿天空的玻璃墙
声音坠落一地,星光点点照亮
青枫树的成长,谁也不让谁
相互追赶,一生一世的奔忙
谁也没有欠谁的,始终没有消停

青枫树有离开太阳河的一天
真实存在,或许没有真实
灵魂埋进太阳河畔深深的泥土
离开与不离开,都是一个样
只要灵魂还在,所谓的离开
永远是归来,太阳河的青枫树
除了风景,还有仡佬人的寄托

月光落在仡佬寨

九十九堡穿上月色,明晃晃的
仡佬寨的毛发也是白色的
透明的白,犹如生命的纯净
藏不住一粒尘土,是真的

那月光啊,轻轻地落在仡佬寨
发丝也是一样,急急忙忙地
从几十年的山路赶来
好像还没有歇歇脚的想法

仡佬寨需要月光吗?有人在问
其实啊,需要与不需要
哪个都无法讲得通透,只是
月光消瘦了,仡佬寨也是故乡

在深夜,打开门窗的心扉
火塘里的火光照耀一片月色
喝醉苞谷酒的火苗,用力向上冲
摇摇晃晃的,仡佬话活跃在月光下

太阳河穿过仡佬寨的心脏

谁能保证太阳河就一定与太阳有关
谁能保证普遍性就一定是事物发展的规律
谁能保证名与实就一定是相符的
斗转星移的太阳河,一部厚重的历史
详细地描述了仡佬寨的日出日落

面向东边,九十九堡站得稳稳当当的
再朝西走,可以到达太阳歇脚的山头
山与山之间,岁月堆砌阳光切割的流水
逆风而去,涌出太多太多的传说
那些记得住的或者记不住的
仡佬寨全部孕育成口口相传的记忆

太阳河穿过仡佬寨的心脏
脚步很快,不断更换新鲜的血液
把很多仡佬话更新在阳光抬头的地方
留下一片又一片坚硬的青枫树
站在太阳河源头,像九十九堡的影子
遮挡一些前世今生的荒凉

苞谷地

走进苞谷地，迎面而来的是苞谷酒
穿肠而过的味道。除了大片大片的苞谷
也有南瓜、豆角什么的，当然最多的
还是风干的汗水，咸味与泥土混合着

无法回到毛孔源头，犹如太阳河
汗水不是白流的，滋润苞谷成长
也润色了春夏秋冬立下的誓言
一滴苞谷酒蕴藏了仡佬人一生的期待

阳光从苞谷身上滑过，留下一寸寸光阴
布谷鸟顺着季节变换声谱，散步在苞谷地
三三两两，它们什么也不想要，除了
祝福的歌声，所有喜色挂在仡佬人脸上

仡佬话中，很多外人品尝不透幸福的味道
只有仡佬人相互微笑，脸上立刻泛起
苞谷地焕发的荣光，仡佬寨的理想
苞谷酝酿苞谷酒，一滴滴掉落进欢笑声中

酒　碗

可以肯定，酒碗的一生装下了太阳河
九十九堡，苞谷地，仡佬寨的风风雨雨
以及男男女女三更半夜悠长的情歌
三岁小孩也端起来，一口吞下懵懂的世界

碰到红白喜事或逢年过节，太阳快要落山
酒碗的空间无限膨胀，人生的所有风景
变更了春夏秋冬，那些男欢女笑的身影
把仡佬寨的前世今生装进肚里，满满当当的

本来，酒碗是以泥土的芬芳增添人世间的色彩
被揉捏打磨以后，送进土窑里泅渡火海
烧烤精致，开始装满仡佬寨的日月、森林
男女老少的喜怒哀乐和苞谷酒遗留的传说

装进九十九堡的一草一木和一字一句仡佬话
装进太阳河的多愁善感，久而久之
酒碗渐渐消瘦了，身上的外套也越来越泛黄
日子叠加的斑点也渗透了苞谷酒的灵魂

也许有一天，酒碗会像喝酒人的梦一样破碎
散落一地，还原泥土的本真，只是因为
仡佬寨的存在，酒碗依然成为装进
苞谷酒的选择，一如既往保持生活滴酒不漏

一颗苞谷籽

降落在九十九堡或太阳河畔
一年四季都在更换脸谱或者肤色
需要多少阳光和雨露的呵护
才能了却亘古的心愿和向上的力量
假如没有意外,它就完成生命的蜕变

然而,在季节交替的过程中
也有遗落人世间的时候,包括
一场春雨或一声布谷鸟的鸣叫
在泥土里与风湿相遇也是常有的事
成了终身残疾,无法重见天日

如果说,一生的成长过于单纯
它的努力就是对阳光的告白
生命本该如此,没有任何遗憾
也没有顾虑,活着就是最好的承诺
风雨交加的黑夜造就了闪电的光芒

其余的,让生命等着收获的喜悦
在一次盛大的狂欢之后
成为自己所期盼的一滴苞谷酒
脱离躯壳的都是四季凝练的精华
独一无二的香醇,醉满人世间

太阳河蕴藏的不仅仅是水

还有泥土,还有森林,还有风雨过后的阳光
太阳河有着宽广的胸怀,才能轻轻松松承受
一副经久不衰的躯体,苞谷地里生长的风景
承载着丰收多彩的传说,以及一颗苞谷籽
从春天到秋天的故事,苞谷酒行走的山路
在仡佬寨布满坚硬的皱纹,太阳河的博大
让生长于斯的仡佬人安居乐业、繁衍生息

生长在九十九堡,像一颗苞谷籽
得到太阳河的滋润,与青枫树、布谷鸟
都将因为一生的获取而产生的感激之情
扎根心里的仡佬话,那些源源不断的诗意
不断涌现,不断还原苞谷地的爱与坚守
还原仡佬人的灵魂,与太阳河有关的每个细节
在喷发烈火的胸口上,透明的云朵飘扬天际

从源头开始,坚强的性格,流经九十九堡
一路向西,把路途的沟壑认真梳理
仡佬寨的火烟依旧生龙活虎,直奔天空
没有一丝杂念,遗留在房梁上的斑驳
也是值得回味的痕迹,油光发亮
那些伸向山外的山和寨子以外的寨子
不加修饰地袒露太阳河的丰富与包容

变 迁

顺着这条牛马路,可以找到仡佬寨
找到一棵青枫树和祖先的神台
那年腊月,寒风如刀,切割夜色
三户人家六个人和一匹瘦马

驮着沉重的生活,天亮之前出发
从一个寨子走向另一个寨子
搬迁是必然的,除了石头还是石头
稀疏的杂草摇摆山旮旯的生命

从这头打着手电筒,单薄的光亮
到那头还没有熄灭,没有一个人
想在半路上歇脚,也不敢歇脚
担心一打瞌睡就会走散了人世间

一颗苞谷籽跟着另一颗苞谷籽
整齐排队,在火烧过野草的太阳河畔
找到各自应有的落脚点,生根发芽
成长了绿色的风景,没有寂寞与忧愁

很多年后,一些房子孤单地匍匐山梁
面子越来越稀薄,藏不住一丝光阴
只有仡佬寨不断更换新衣裳
牛羊一群又一群翻动山上的景色

在同一个地方，一些人不停地到来
而另一些人又不断走失，这人世间呀
该来的一定会来，该走的也一定要走
总是留不住充满世俗的宽容，如流水

偶尔也会放弃一些缺憾，虽然短暂
舒缓舒缓心情，灵魂的窗口透过风声
晾干命运的密码，火光打开夜色
酒碗里装满日子沉淀久远的味道

如今啊，走过那片瘦弱的苞谷地
只有一头银发在太阳河畔飘扬
随风而动的草木，影子也是摇晃的
日子越来越稀少，风湿来得更加凶狠

如果说有如果，让斑驳的面容
像流动的月色，充满无限浪漫的诗意
空气中少一些风湿刺骨的疼痛
少不了苞谷酒，醉意沉没很多煎熬

第二辑 太阳河之子

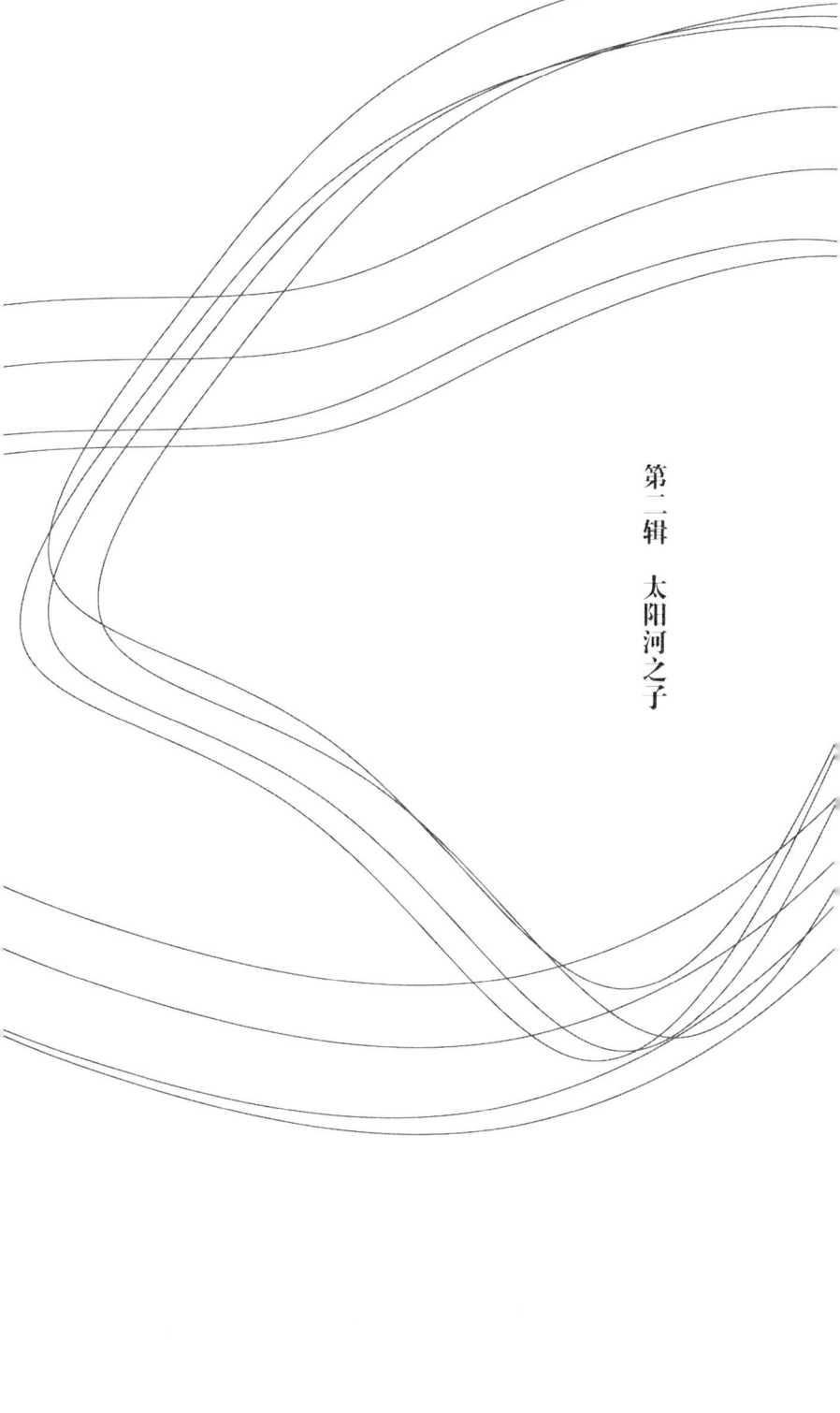

关于我的诞生

山峰在一个无风的季节悄然倒下
河流怂恿着神圣的天堂
天空的目光从我透明的躯体穿过
世界在我天真无邪的瞳孔诞生
一个既熟悉又陌生的世界,似是而非
我发现自己赤裸的灵魂在人群中奔忙

想起自己脱离母体的辉煌时光
那是一个立体的寒冬腊月
风声如同透亮的雪花晃荡天宇
太阳游离在天边的河床,若隐若现
大雾笼罩,我披着红色的蓑衣
四处寻找自己最原始的体香

泅渡那个多梦的雨季,懵懵懂懂
我才知道没有熟透的果子不能尝试
可我还是大口大口地吞嚼
很多很涩的酸梅,甚至酸涩的雨水
于是,很多不能实现的梦想
在一夜之间稀里哗啦地,全部曝光

什么都不在乎,一切照旧
纵然月色在天地间茫茫
我重新发现婴儿永恒的哭喊
呼唤声冲撞着我的心灵

山鹰扬起高昂的头颅,忽上忽下
自由自在,朝着远方的太阳翱翔

感　觉

仡佬寨在深山里，上上下下
洒满童年的欢歌笑语
以及生活的酸甜苦辣
喧嚣的城市留下生活的胎记
还有奋斗不息的点点滴滴

像一只风筝游历在城市
与山村之间，漂浮不定
没有真正的住所，想往前冲
却被无形的绳子紧紧牵引
踩不到山村的烟火与泥泞
够不着城市的灯红酒绿

从偏远到繁华，生活在城市
灵魂却有无家可归的感觉
找不到生存的支点，来去匆匆
奔波在车水马龙的大街小巷
犹如悬浮于城市上空的影子
永远也走不进城市的心脏

"我走近你的身体
却走不到你的心里
我与你近在咫尺
但却相隔很远"，空空荡荡
这是一种什么样的感觉？

既不是真正意义上的农村人
也不是完全意义上的城市人
我，变得如此另类与奇葩
成了游历在城市与山村的
两种不同文化之间的边缘人

我是仡佬寨的影子

月亮刚刚爬上九十九堡
闻到忙碌飘摇的酒味
渐渐吞噬仡佬寨
酣睡在月光深处,很安静

几声狗叫感动繁星点点
给仡佬寨披上一层薄薄银纱
轻轻裹住寨上人的呼吸
梦幻般容纳了宇宙的精华

一个没有响亮名字的寨子
平平淡淡,像平凡的时光
穿越平凡的隧道,悄悄然
过着人世间最平凡的生活

仡佬寨将我送进课堂
讲述另外一种方言
从此以后,仡佬寨因为我
沾上了城市的味道

无论走到哪里,我
永远是仡佬寨
悬挂在城市上空
晃晃悠悠的影子

蜕 变

那年腊月十五,天气很冷
遥远的寨子,火烟袅袅
牵引着阿妈的呐喊,穿越时空
让人深感世界之痛,一个生命的
新纪元,这就是我的诞辰

寨子很小,无法看见外面的世界
无法吸取更多的营养,只是
黄土和少得可怜的雨水
维持了我瘦小的生命,慢慢成长
牛羊伴随并不快乐的童年

阿爸使用反常的方法
教育我跳出他这辈子
不能翻越的九十九堡,于是
我朗读汉语拼音,拼出数学公式
这是我生命曙光的前奏

随后我又在小人书的线条中寻找
《西游记》和《水浒传》
还默写《望庐山瀑布》
从此,飞流直下三千尺
回头望月,直上九霄云外

开阔的世界，宏大的想象
岁月的步伐让我演绎了自己
少小离家，从山村到城市
像春夏秋冬不停更换的脸谱
改变了生命的延长线

如今生活像穿梭的邮票
在人为的水泥森林里
忙忙碌碌，仰望高高的楼房
偶尔歇一歇脚，回想童年
沾满太阳河畔泥土气息的脚印

寻找从前

我常常一个人静静地
坐在办公室面对那些
被阳光揉碎的玻璃窗
悄悄酝酿怀旧的气氛
蔓延到周身的每一根神经
牵连着岁月,由近而远

很久很久,长大以后的经历
引诱自己的回忆过往
像坐飞机一样腾云驾雾
在时间与空间之间游戏
太阳河畔的童年趣事
不断点亮生命成长的角落

以仡佬寨的老房子为原点
规划命运周转的蓝图
随着山路和森林的层层浮现
已经流逝的时光凌乱地
卷裹着各种生活的细枝末节
像太阳河的雨季,纷沓而至

此时此刻,办公桌上的鼠标
在视频上捕获光阴的脉络
布满渐渐衰老的视线,晃悠着
从现在渗透到更远的从前

倒流的血液穿越每个细胞
不断追寻，痛并快乐地欢呼雀跃

站在祖辈的肩上收割太阳

雪花笼罩时光关怀的仡佬寨
此时，我的生命脱离母体的温床
降临在满身皱纹的老房子
第一声哭喊如火烟盘绕屋顶上空

四周沉积了生机盎然的基因
溢流呼吸氧气流动的痕迹
稚嫩的心脏不停地跳跃，自然奔跑
标志着生命焕然一新，充满活力

第一次吸食阿妈川流不息的乳汁
我的生命之源，就像太阳河
润泽一片土地，我情不自禁地生长
血液不断随波逐流，荡涤灵魂深处

我仰望仡佬寨的天空，繁星点点
思想的幻影不断出现，接着破灭
不断重复，令我思索未来的光景
未来究竟是什么季节？只有风懂得

时间与空间交错中慢慢成长
身上弹落下来的影子层层叠加
期待提升生长速度的元素
流逝又重生，不断延伸生长谱系

面对生存的希望与抵抗死亡的煎熬
矛盾是命运一开始就诞生的定律
我的人生之路究竟是怎样的漫长
所有问题都将我带进时间开凿的隧道

我的未来变得越来越清晰明朗
于是，关闭复杂的观察视野
用最直接的感官去享受一切生活的美好
站在祖辈们稳重的肩膀上收割太阳

太阳河

用心晾晒太阳河的脊梁

也不知道从什么时候开始
诗歌给我还原了太阳河
那山，那水，那人，那情
以及祖辈们童年时期的幻想

对于太阳河，我不敢说拥有一切
即使第一场风雪洗白了仡佬寨
我也会用目光刺穿火烟的荒凉
让苞谷花插满九十九堡的肩膀

躯体游走他乡，灵魂梦断太阳河
我翻遍了世界上所有的言语
都无法描述太阳河的山花浪漫
只好用心晾晒太阳河的脊梁

我的躯壳漂泊在城市的大街小巷
我的心瞌睡在仡佬寨寂寞的柴房
光阴在城市和山村之间徘徊很久
最终选择太阳河作为灵魂栖息的地方

释放仡佬寨的情怀

寒风把我紧紧锁在茅草房里
读诗，书中的黄金屋，无所不有
偶尔也吼上几句不成熟的表达
语无伦次地释放仡佬寨的情怀
毫无吝啬，很像火炕上的腊肉
色泽闪亮妖娆，味道纯正唯美
总是引来饥渴的时光吸食

于是，我就这样静静地等着
等着春天的到来，我就会变成
一个世界上最幸福最豁达的人
春天会有这样一个人吗？一定会有
午夜过后，冬天早早就告诉我
也告诉那些想知道一切的仡佬人

锅碗瓢盆装满仡佬寨蹉跎的岁月
像一首长满青苔的诗，仡佬族史诗
悬挂在风干的房梁上，照亮我
一路行走的影子，往返于归途

关于自己

早已在故事开头讲得一清二楚
并不是别人认为所有一切的根源
而是祖先遗留在人世间的私有财产
一个特立独行于风中的躯体
渐渐变成时光日夜烘烤的空壳

忙碌是为了证明自己还有意义地活着
生命保卫战,即便死亡从中年开始
逐渐侵蚀黑暗的每一个细胞
谁也没有想到,自己顺便出生
在一个遥远而四季透明的空间

从此命运随着时光顺便轻声溜走
自己顺便穿越在如今的大街小巷
繁忙地将脚印陷进参差不齐的水泥板
像一只流浪的甲壳虫顺便将太阳凝固
在窗台上等着岁月顺便淹没紧张的呼吸

直到那年深秋很深的夜晚,时光穿透耳膜
赤裸的伤口插上一束忧伤的苞谷花
悄无声息撩拨窗台上渐渐枯竭的光阴
记录自己跟随太阳与月亮浪迹天涯
但没有告诉任何人所听到的弦外之音

半个世纪的账本沉淀一段青春年华
一切都是无谓的亲切无比与酸甜苦辣
翻煮一段流离的记忆,感觉白了少年头
情感的张力涌出一股浓烈的仡佬人风俗
熟悉而让胸口打抖,久久不散的诗意

哦，仡佬寨

我的躯壳逃离仡佬寨四十多年了
可是，我的灵魂依然停止远走高飞
在仡佬寨打瞌睡，很香很甜
仡佬寨那些风景，如同日子渐渐成长
我就是这样一个在风雨中成长的人
包括太阳河畔的苞谷、青枫树、老鹰
布谷鸟，以及卷走仡佬寨阴影的月光

成长在这片土地上，融入深深的泥土
我爱着这片土地，包括那些苞谷的生命
如果说我的诗歌能够还原一切
那么首先要还原的是仡佬寨的一切
那些山那些水那些熟悉或不熟悉的人
甚至那些草木，一样也不能少，凝结成
我的影子，在太阳底下光溜溜地奔跑

一颗苞谷籽从发芽、开花，再到后来
重新还原苞谷籽，很多很多的
苞谷籽在风中发酵，酿出浓烈的苞谷酒
剩下的酒糟还要坚守道德，还原给泥土
滋养另外一颗苞谷籽的新芽，延续生命
这样你来我往的轮回，让我想起了自己
想起仡佬人的生生不息，一代接着一代

已经到了不惑之年,梦总是在空中飘扬
而我的灵魂落定仡佬寨,像一盏煤油灯
摇摇晃晃的,摆渡灵魂积攒的时光
这一过程,也许很长,也许不是很长
只是有一些仡佬话时不时把住语言风口
如此这般,心也平静了
灵魂得到安息,梦见也是清醒的仡佬寨

我的灵魂流淌着一条河

但是,没有人知道,我也没有告诉任何人
虽然这不算是什么秘密的事情
河里流淌着我的血液,也流淌着我的灵魂
鲜红的颜色被隐藏在我的影子凝练的核心

河畔到处都是青枫树、苞谷地、苞谷籽
以及飞禽走兽,这一切与我的祖先有关
他们来来往往没有停下来歇脚的意思
在青枫树下烧上一杆老烟叶也没有

这样的轮回就像太阳河的水没有断流
河畔总是有人耕种,有人收割
也有人在此搜罗消逝的日子和梦想
大自然就是这样,河流顺着走,同一个方向

河流的归宿遥遥无期,永远在路上
经过九十九堡、马背梁以及大大小小的山谷
和森林,总是在风声里马不停蹄奔跑
半山腰的房屋像火柴盒在时光中飘荡

寨上人忙碌的身姿摇摇晃晃的,逆流而上
有时汗水像倾盆大雨,淋湿我的眉毛
好多苞谷花开满沿途,花粉飞扬
掩埋我的躯壳,一颗漂流的苞谷籽

我灵魂里的河流,河床已经开始起皱
依然承载一切,我的肉体、思想、诗歌
或者所有我所经历的人情世故
随着风景的切换过程晒干一片苞谷地

我灵魂里的河流意志坚定,如万丈光芒
从来不会改辙易道,无论斗转星移
还是天荒地老,始终勇往直前
走出灵魂的黑夜,永远向前是归途

夜半诗意

夜深人静的时候,我喜欢在键盘上散步
寻找一些似乎子虚乌有的文字
来回推敲曾经丢失的情感或者生活琐碎
空洞的脑壳无法填满,一切都是无法填满的

停止诗意的思绪,抿一口隆林三冲红茶
浓浓的味道,很想碰见雪莱、海涅、耶鲁达
或者李白、杜甫、艾青、顾城、海子什么的
但是,最终一个也没有见到,他们都走了
房间也是空空的白,一切白得通体透明
我感觉自己也是透明的,只听见键盘声
穿透我的影子,在天花板上摇摇晃晃的

降低呼吸的频率,慢慢延长思想的沿途
有很多多彩的事物呈现。青枫树、苞谷酒
太阳河、九十九堡以及火烟缭绕的仡佬寨
一大片苞谷花严严实实遮蔽黄昏的色调

就像现在一样,深夜的微风抚摸窗台
拍打窗帘,掉下一连串柔软的声响
提醒我该睡觉了,没完没了地熬夜
明天还要继续今天或者昨天,甚至更久远
以前没有完成的诗篇以及仡佬寨的故事

现在我还要思考明天将要发生什么
或许有或许什么事也没有,甚至今晚
以及明天过后,我会是一个幸福的人
犹如海子说的:面朝大海,春暖花开
说真的,苞谷花开在阳春三月的时候
我是一个幸福的人,阿妈也这样说过的

我已经越来越接近明天,就是一道光的距离
一首即将画上句号的诗歌,清晰可见
键盘上的阿拉伯数字和英文字母相互交错
排列长队,仡佬话穿梭在我生命的时空
像秋天的苞谷籽闪耀着金黄色的灵魂

回　忆

想起仡佬寨，就想起苞谷花开满太阳河畔的风景
只有苞谷花让我回忆起童年的趣事，用马尾毛
编制的套子，在大年初一与同伴赶山套麻雀
还有，春天上山挖野菜、打野兔、栽苞谷
以及秋天采野蘑菇什么的，那个年月
家里条件不怎么好，却也有许多数不尽的乐趣

风，经常从九十九堡滚下来，也从太阳河下游
逆流而上，淹没整个仡佬寨，好在有青枫树林
阻挡飞沙走石，要不然仡佬寨不知死亡多少次
只是风一走过，仡佬寨所有的房屋依然稳稳当当
坐在半山腰，家禽到处撒野，没有留下风的声音

阿爸已经走了好几年，在九十九堡侧面安家
每年我都会去看一次他，车子在山路爬行
让我忘记城里的车水马龙，因为我身子单薄
仕途颗粒无收，山风压不住城里的喧嚣
回到山里头，我还可以安慰阿爸几句仡佬话

当然，进山跟阿妈过年也是不能更改的程序
无论在外面多么繁忙，年总是要过
祖宗留下来的美德我这辈子不能在鞋底上
磕掉遗嘱，况且阿妈八十多岁了，陈年的风湿
挤压所有关节，脊椎也是弯曲的，犹如当年
她在苞谷地里挥舞的镰刀，杂草在刀口上

一片又一片断送前途,苞谷长得旺旺的
翻风的时候她向我不停地重复苞谷酒的事情
抿上几口才安静一些,似乎风湿的痛也翻过了山

现在村级公路硬化了,我进山就更加轻松
路上难得碰见几个人,偶尔有老人和小孩的声音
点醒仡佬寨的寂寞,或者一些鸡鸭发情的狂欢
只有逢年过节仡佬寨才会热闹一阵子,也就几天
人们走在那条硬邦邦的水泥路上的时候
心里萌生一种城市人的享受,乐滋滋的

在仡佬寨泗渡夜色

黄昏退到后山,月亮挂在九十九堡头顶
明晃晃的,星星散落一片夜空
布谷鸟闭上嘈杂的双唇,一言不发
开始打瞌睡,以及润色第二天展示歌喉

仡佬寨披上幽深的外套,内心很热闹
年轻人大多外出打工,只有老人和小孩守夜
他们扯开嗓子,各说各的话,也不管对方
声音撞击在一起,撕碎房前屋后淡淡的月光
双方都没有互相谦让的意思,僵持好一阵子
最终还是尊老爱幼的美德摆平对抗的情绪

好久没有进山看望阿妈,一些陈旧的心情
停泊在半山腰上的仡佬寨,还在原来的位置
一切都是古老而又新鲜的,空气弥漫的传说
令人遐想,逃离城市喧嚣的感觉油然而生

听到阿妈叫我的奶名,很亲切很顺耳的声音
让我一下子退回童年时代,甚至婴儿的哭喊
眼泪在心里来回滚动,要不是我强忍着
真的会掉落一地,泪珠晶莹剔透

阿妈的碎语越来越多,经常挂在嘴边的
她从嘴里掏空很快就要失传的仡佬话

都是她曾经热爱的老调,至今也放不下
除了我,没有人能够听懂其中的情怀

我经常想,在仡佬寨出生的年轻人
他们将来活到我这把年纪,是否还拥有
仡佬寨情结,或许有,或许什么也没有
犹如今晚的泗渡,我得把阿妈的闲言话语
慢慢嚼碎,并认认真真消化进我的血液里

乡 音

从仡佬寨到我生活的城市有五百多公里
那些年我几经周折,泅渡太阳河翻越九十九堡
什么都没有带,除了一身躯壳,我的口音
算是仡佬寨的土特产了,一直挂在嘴边

走出仡佬寨四十多年,我寻找太阳河的归宿
在外求学、生活,虽说有固定工作和居所
也吸纳很多异地文化元素,但是仡佬寨情节
像我这颗小小的心脏不停地跳动,无论
我走得多么久远,它都隐藏在我的血液里

其实,乡音不仅仅是一个词语或者一种声调
当我写下阿爸阿妈平淡的言语,就已经写下
仡佬寨的青枫树、太阳河、九十九堡、苞谷地
甚至已经写下所有,一个民族的勤劳与坚守

从夜郎国的迁徙到如今的苞谷酒醉满山坡
从黑森林里长出白发,一个季节接一个季节
淹没了太阳走过的山路,乡音依然只是一种
符号,永远改变不了仡佬寨的生老病死

仡佬寨,一个古老的,让我无法割舍的寨子
留下我和祖祖辈辈的灵魂,无论我在或不在
那里始终是我情感发育的地方,一草一木

一座山峦,或者一块叫不出名字的石头
犹如我的肌肤,保持一个古老民族的温度

我的躯壳距离仡佬寨越来越遥远
我的心却永远走不出那道无形的围栏
乡音不改,一切都还是原来的样子
苞谷酒,被火烟熏烤得油光发亮的腊肉
同样的味道,同样的情怀,同样的人来人往
在舌尖上蘸出的是仡佬寨五味杂陈的回忆

太阳河

我读懂了太阳河的去向

我已经读懂了太阳河的去向
读懂了河水穿过九十九堡的鞋底
仡佬寨在时光中更换衣裳
浪花翻滚,太阳河畔有一片苞谷地

四季分明的山谷,像苞谷酒在瓷坛中沉淀
我的思想也是如此,成熟而坚定
不再生产曾经的异想天开,咬定青山
太阳河的去向不会改变,始终向西

远去的歌声在梦中重复千百回,在深夜
那片陈年苞谷地,我听到苞谷发芽的声音
传递生命气息,太阳河依旧自然而然
轻松流淌,我也释然,心轻如燕

哪怕身躯飘摇他乡,一旦转身
回望半辈子兼程,我渐渐明白
来自太阳河的流水一直喂养我的灵魂
太阳河的去向不变,我的心永远如初

屋檐下

有事没事,经常坐在屋檐下
歇脚,抽烟或者喝酒或者讲古
抬头就可以看到雨水从天而降
以及阳光在房顶上晃来晃去
所有的农活都会挤进胸口发烫

那些影子左右逢源,来回穿梭
让人难以入眠,甚至没有预兆
寝食难安,喝上一碗苞谷酒
也无济于事,只有苞谷花绽放
仡佬寨的故事才能摆在桌面上

密密麻麻地叙述着,代代相传
当作一种传说,从头到尾的仡佬话
谁也讲不清楚所以然,所以是必然
年轻人总是遵循古训,不敢顶嘴
缘由从何而来,没有反对的勇气

无法跨越的沟壑,代际之间的门槛
横在屋檐下,瘦小的蚂蚁翻不过去
一些零零碎碎的记忆已经结痂
日子越来越细长,记忆越来越厚重
时光穿墙而过,散落太阳河畔的尘土

太阳河

也许有人可以改变一切,也许
不能,只是一切都无所谓
改变也罢,安于现状也罢
不是一个人或者一代人能说了算
也许几代人的努力也只是昙花一现

这样的事情不是没有过
比如女娲补天、阿仰兄妹制人烟
或者洪荒时代的葫芦娃传说
谁能说这是真的或者是假的
所有的农活都是一种屋檐下的传说

注定的

年过半百,依然怀疑命运的虚实
灵魂落到仡佬寨,时光在森林中
渐渐褪色,一切如此自然而然
也是一种必然,祖训是这样讲的

太阳河畔落款的苞谷地,熟透了落日
没有任何日期,阿爸带走黄昏的时候
讲过,每个人都可以注定自己的日期
像一块大石头砸破天空,注定的必然

所有的记忆随着时光不断流淌
一些事变成回忆,摁在泥巴墙上的密码
季节轮换期间留下的芭芒草脱下绿色
呈现一朵苞谷花的影子,飘飘然

抬头仰望九十九堡的月亮,月光撑起
阿妈驼背的身影,如此卑微单薄
对那片苞谷地始终保持谦虚与敬畏
陈年的风湿在苞谷酒里泅渡年月

一些亲人走着走着就散了,留下的脚印
埋在泥土里,永不生锈的痕迹清晰可见
很多刚刚破土的植物也讲不出叫什么名字
仡佬寨后山的青枫树林,命运轮转的故乡

太阳河

昼夜之间

也就一袋烟的工夫,时光变换姿态
转身,泄露了生活的酸甜苦辣
九十九堡的青枫树肤色苍茫
成长的时间很慢,衰老的速度很快
陈年的苞谷酒,稀释了太阳河的月光

那匹老马走在生锈的山路上
驮着阿爸阿妈争吵的闲言碎语
去到相遇的青枫树下交换誓言
在太阳落脚的山头,张开衣袖口
爱情的真相犹如平时的粗茶淡饭
从太阳河流出的情歌,悠长悠长的
伴随长满青苔的尘土,高高飘扬
降落在九十九堡的脚下,生根发芽

日子能够延迟多长,没有办法计算
秋天过后步子越来越消瘦,油水干枯
一把锄头修理过的苞谷地越来越沧桑
受伤了的痕迹在白天与黑夜之间过冬
之后,青枫树露出青芽,嫩绿嫩绿的
似乎一切都已经过去,也似乎一切
即将到来,在昼夜之间交换锁匙

打开房门,让该进来的都进来
或者让该出去的也都全部出去

没有挡风的墙，一个个灵魂来去自如
除了擦肩而过的几句仡佬话，从哪里来
又要到哪里去。又是一个哲学命题
没有哪个能够清清楚楚告诉对方
瞌睡的声音挂在房梁上，晃晃悠悠的

这把年纪了

每一次对话都是落地有声
每一次离开都是值得回味
一旦童声苍老,如同洪钟沙哑
离开也是回归,自然中的必然

那些虚度光阴的日子越来越少
哪怕一袋烟的工夫,转眼即逝
留下的也只是岁月磨碎的灰烬
所有的一切,有所求也是无所求

脑子越来越清晰,对待生命
每向前一步,都是缩短归途的距离
有希望的,都不会怀疑青枫树
生长的土地肥美,营养极其丰富

沿着事先设计的路线走着
让每一次风声擦肩而过,在耳边
窃窃私语再平常不过了,但是
一双拿捏过往的手长满生活的老茧

但愿所有的酸甜苦辣都是一笔财富
留给这山这水以及后来者的期待
这把年纪了,但愿所有的期待如愿以偿
布谷鸟拍打翅膀,声音悄然降落人世间

遇见太阳河

太阳开始倾斜九十九堡的时候
我与太阳河相遇,在冬天
不敢表达醉意,还有好多亲戚
酒碗里装满仡佬话,虽然
我已经语无伦次,并不妨碍
左手端起酒碗的力气,右手默默地
把过去的酸甜苦辣一饮而尽

仡佬寨热闹得很,我没有瞌睡的想法
与亲戚们交杯甚欢,你来我往
酒碗磕响了我身体里的一团熊熊烈火
像燃烧的太阳,风中摇摇晃晃的热浪
从头到脚,掩埋在浓烈的苞谷酒里

堂屋的火光,照亮太阳河翻滚的夜色
乳白色的风景让我与太阳河
完成了一次心灵与肉体的融合
至于河流的长短,流向何方
不是岁月的尘土能够讲得清楚的
所有的愿望,全部供奉在神台上

无论我与仡佬寨的距离多么遥远
心情一直在太阳河的源头徘徊
青枫树摇落太阳河畔的景色
永生难忘,我喜欢太阳河的一切

太阳河

在河中间与落日一起洗尽疲惫
还有苞谷酒沉入碗底的声音
太阳河自东向西留下的脚印
齐刷刷地,晾晒在苞谷地里

广西有个少数民族

广西十二个世居民族，仫佬族
犹如九十九堡的苞谷，人口最少
夜郎国飞来的阳雀。太阳河畔的苞谷地
牢牢地稳住了一群栽苞谷的人

走进仫佬寨，翻晒苞谷的老人
把喜庆的日子摊开，在晒台上
一个寨子成长的见证者，我的阿妈
驼背如弓的身躯成为晚辈记忆的符号

每当我回到仫佬寨，看到向西而流的
太阳河，以及青枫树、苞谷花
童年的影像，季节轮换般地切片
接踵而来，我忘却了年龄的意义

仫佬族的发展，在中国这个大家庭里
融入中国文化的血脉，像一颗小星星
闪闪发光，照亮夜空的一角
五十六个民族，广西仫佬族努力向前

致渐渐老去的人

太阳河畔，又是一年苞谷丰收的时节
虽然，你们已经无法像从前那样
肩挑背背一筐筐苞谷来回奔跑在山路上
坐在屋檐下，舀上一瓢水，饮尽秋色
慢慢回味苞谷籽从苞谷地长出来的样子

夜深人静时，我就想起我的阿爸
他也曾经和你们一起挖地、薅草、烧烟
以及大碗喝着苞谷酒，忘记很多生活琐事
酒后的仡佬歌摇晃在九十九堡上空
星星、月亮或者黑压压的夜色压紧枕头

离开仡老寨的日子，我常常独自思想整天
不管我走得多么久远，在身后
始终依靠九十九堡，脚下流淌着太阳河
双手举起我的灵魂，很高很高
随风飘扬，降落在你们暖和的心窝

有的时候我在想，到底是我离开了你们
还是你们离开了我？在路上走着走着
等我一转身，你们当中的又少了一个人
我真的不想知道我已经知道的一切
冬天的雪花悄无声息地梳理我的一头黑发

梦回仡佬寨

我始终是太阳河的浪子
即使它把我的躯壳带到远方
我的灵魂依然深藏于源头
仡佬寨房梁脱落了岁月的斑驳

走过那片苞谷地,童年犹在
雨水冲刷了日子兑换的景色
酒碗生锈,阿爸的手迹清清楚楚
我醉倒他乡的影子,不忘归途

苞谷酒滴落春天的夜晚
我梦回仡佬寨,很多曾经的记忆
在苞谷地,还是来一碗苞谷酒吧
我匍匐在起茧的山路上

苞谷纷纷悬挂房梁,摩拳擦掌
所有的秋色蚕食了我的黑发
酒碗摆在神台上,满满的苞谷酒
一段仡佬寨迁徙的传说随风而起

把我的灵魂裹得严严实实的
揉进泥土里,咀嚼祖先遗留的味道
我始终是太阳河的浪子
天经地义,谁也无法改变的事实

太阳河

孤独是孤独者的答案

太阳河是悬挂在九十九堡的一条腰带
行走的步伐,醉汉一样摇摇晃晃的
往左或者往右,由苞谷酒的力度拿捏
岁月穿越身体的每根血管,慢慢地
一颗宽容的心能够装下多大的形容词
一滴水就看到一条河流装着大海的胸怀

太阳河从九十九堡掉落的时间已经变成
传说,从雨水的成长过程开始算起
直到九十九堡的头发花白,没有一个人
能够讲得清楚这里面的子丑寅卯
成长的风景都是不一样,千变万化
一个人一辈子活着的意义在于心安理得

有关太阳河的流向,写在苞谷地胸膛
一直由东向西,时间也没有办法改变
说远也远,远到不知道到底有多远
说近也近,近到河流干枯在眼皮底下
犹如一粒尘土,凝固忙忙碌碌的岁月
答案摁在河床上,青苔已经层层结痂

不要轻易夸奖一个人,尤其是孤独者
当一个人注意到身子渐渐瘦小的时候
已经老了,孤独的灵魂没有办法照顾
那些从头到脚挤满风湿疼痛的神经

每一个关节像被时光掏空的风箱
风声一阵接着一阵从九十九堡穿过

其实,一碗苞谷酒就可以隐瞒了的
一些孤独的疼痛,被孤独者活生生
摁进太阳河奔流的血管,随风而去
这样的场景,有时还真的不能讲
宁愿被误解、被丢弃,甚至被时间
孤立,也只能说自己对生活爱得很深

被冬天隔离的心情

直到如今,我还是喜欢把阳光
凝结在雪花飘落的冬天
只是无法切割的悲伤,孤零零的
被冬天的云雾揉成数不清的碎片

很多怀念,从昼夜交替的节骨眼开始
心情就慢慢荒凉,一阵一阵地
从青枫树的摇摆中散落一地,直到
被捡起来的那一刻就放不下了

那个走丢在冬天的人,骑着一匹老马
从岁月的门前走过,在一片苞谷地
拿起酒碗,对着夜色一饮而尽
然后一塌糊涂地,醉倒在自家门口

是的,我真的不能回到从前
对那些来不及遗忘也所剩无几的童年
时时刻刻抓着不放,抓得紧紧的
生怕一松手,祖先的灵魂就跌落神坛

冬天一个接一个来临,我还是讲不清
微笑或者忧伤的理由从何而来
想起走过的日子,用双手梳理月光
阻止一场黑发生长的决心从此了断

夏天返回老家

又是一个夏天,我坐在房顶浏览仡佬寨
阿妈坐在晒台上,一个人静静地
手里拿着那把缺了牙齿的梳子
梳理暮年,日子安详地从太阳河流过

每一根银发都各有各的去处
或在天上飘摇,或在泥土里繁衍生息
好多鸡鸭纷纷往林子里寻找肥美的虫子
那只猫还在灶台上打瞌睡,醉生梦死

与往年不同的是,今年夏天很通透
阿妈的腰杆褪去累赘,轻松了许多
刘医生的中药发挥了作用,敷在腰椎
两个月时间,风湿掉落一地

尽管距离仡佬寨几百公里远,我的心
总是拽在阿妈的手上,很近很近
两颗心碰撞的声音紧紧地贴在一起
老房子,火烟还在慢慢爬上天梯

坐在房顶上的看着晒台,坐在晒台上的
望着房顶,两个人一个愿望,在风中
悬挂很久的目光相互牵手,心越来越近
夏天如此灿烂,天空传来熟悉的仡佬歌

生命历程

如同冰雪,从空气到雨水
再跌入深冬,一点一点蜕变
一种缓慢的成长,没有投机取巧
一只布谷鸟飞进冬天,歌声悠长
时光在脚下凝固,结痂为一串音符
然后,重新谱写冬天的歌谣

我的生命,伴随冬天的歌谣
停留在冬天的白色里,透明的白
清脆而动人,让我的呐喊声响彻太阳河
和九十九堡的沟壑,阿妈温暖的胸膛
呵护着一个跌落人世间的生命
一颗苞谷籽的灵魂从冬天开始发芽

是啊,我的灵魂,为亿佬寨增添了热量
或许只是短暂的一瞬间,也是一种永恒
在时光的隧道里,从冬天走出一片春天
成长的过程中,要么被拦腰折断
要么被遗忘在太阳河流淌的岁月中
一粒沙子消失在光与影的切换过程

生命的历程,如同时光的切片
可快可慢,快的时候稍纵即逝
慢的时候,一只蚂蚁百年也跨不过太阳河
需要多少时间,无法以冰雪的生长期计算

我之所以看到春天的绿色,那是因为
我已经从冬天透明的白色里开始出发

被影子吞没的感觉

火塘里的火苗凋谢了夜色
太阳河无语,我被自己的影子吞没
仡佬寨放慢瞌睡,包括鸡鸭牛羊
生老病死已经无法阻止的喜怒哀乐

一生无非就是在太阳河畔
耕耘与收获,苞谷地的愿望
我走过的时候,一切生灵都是旁观者
收获与否,耕耘的结果最后在酒碗沉淀

经常碰见深夜走失的阿爸
在梦中,如同晚霞到来之前
火烧云翻滚天空,我清晰地看见
一方阿爸休眠的净土,或近或远

风从九十九堡北边扶摇直上,呼啸之声
一阵接着一阵,吞没仡佬寨的鸡鸣狗叫
一年四季躺在墙角的水烟筒沉默寡言
空气凝固的痕迹,雪花透明无比

所有的过往都是透明的,脑子的空白
一副躯壳跟随风声摇摆,漂浮不定
灵魂在时光中生锈,与冬天无关的细节
掉进太阳河畔的每一粒尘土,金光闪闪

除了现在的我以外,是否还有另外一个
我存在,要么影子吞没了我,或者是我
吞没了影子,然后影子可以吞没影子
但我不能吞没我,因为有另外一个我存在

愿　望

我这一生,一直在努力奔跑
年过半百,年龄比时光走得还快
命运跟随太阳河流淌,一棵青枫树
拥有岁月的喜怒哀乐以及河流的精神

或许,瘦小的日子在我脸上的姿态
保持中年人叫醒生活成熟的样子
太阳河无法让我脱离苞谷地
我的生活像一滴水,越来越透明

透明的是一颗苞谷籽,翻开苞谷地
如同翻开一个打瞌睡的黑夜,轻而易举
光明在每一粒尘土里闪闪发亮
胚芽展露生命的活力,脑壳破土而出

稚嫩的身体见到阳光之前,山河依旧
那段孕育生命的酸甜苦辣隐藏得一干二净
很多年过去了,我还是坚定地认为
在生存与死亡之间,愿望可以泅渡所有

很多时候,要么终结,要么向死而生
这是我年过半百的经验,深刻也谈不上
太阳河畔的山山水水,一切生灵无不如此
一颗苞谷籽周而复始地遵循生命的轨迹

又见太阳河

我一直在想,是不是我的努力还不够多
亲手栽种的苞谷怎么也煮不出苞谷酒
九十九堡保存了旷日持久的虔诚
荣辱置之度外,为了一碗苞谷酒的纯正
我愿意变成一颗苞谷籽,丰满发光
在太阳河畔与泥土一起相向而生

或许,醉过之后才能真正明白
一碗苞谷酒就可以淹没一个世界
甚至把一个人淹没在自己的影子里
像那些从太阳河里打捞上来的诗句
每个字每句话都可以淹没一个人的想象
火塘里的火苗,在深夜发出悠然的光芒

我的生命,生老病死的常识不是突如其来
很多时候,或长或短,由不得自己拿捏
只是偶然间回回头,脊梁骨抽出一道冷风
冰凉冰凉的,好像太阳河被拦腰折断
一个人一生要走的路是不是被折断了一截
沉没进太阳河深邃的河床?很深很深
河水清澈见底,河床干枯,砂石暴躁

人生过半,再一次端着起茧的酒碗
即使饮尽太阳河的醉意,也无法表达
太阳河宽广的胸怀所能容纳的一切

太阳河

包括我的心思和祈求,我不得不承认
我心里的太阳河,包括仡佬寨的秋天
依然是一首经典的诗歌,经久不衰

在太阳河畔打瞌睡,一颗苞谷籽
翻阅四季如常的景色,一年又一年
那一片苞谷地让我的灵魂不断升华
我把一碗苞谷酒安放在神台上
供奉随风而去的祖先,一个都不能少

但愿他们在回家的路上有个解渴的机会
我一直遵循的古训,虽然沉入河中的
仡佬话有些锈迹斑斑,打捞上来的
还是保持清脆的声音,响彻太阳河畔

总 之

那些年，我实在有点担心
由于无知，我感觉自己的年龄
很焦灼，在自己的手心上拿捏
如果可以，但世界永远没有如果

我只能在瘦小的山路上来回奔跑
日子总是一个一个地与我擦肩而过
只有仡佬话才能讲得清楚的本性
我不能愧对仡佬寨、九十九堡、太阳河

一切逃避都是对生活无耻的背叛
在太阳河记住一个姓氏，细心分享
祖先传承的血脉，我不能背信弃义
融入仡佬寨的血液，绝对不可以更改

其实，我就是仡佬寨最古老的一个细胞
太阳河可以把我的肉体带进远方的大海
而带不走我这颗小小的心，一颗苞谷籽
脱离不了苞谷地造化的养分，永远的

总之啊，当我看到老房子墙上的皱纹
走向不断变动，打开门窗接住祖先
遗留的时光，一点一点积攒在煤油灯上
照亮翻山越岭的道路，黑暗躲得远远的

苞谷即将成熟

在夏天和秋天交接的那天夜晚
脑壳装满很多乱七八糟的心事
或轻或重，无法让自己准确断定
从左边走还是从右边走，左右逢源
路是自己选择的，往哪边走都一样
无非是对与错的区别，选择很重要

心里长出翅膀，在苞谷即将成熟之前
夏天的绿色很快换上节日的新衣裳
欢天喜地，迎接秋天，一地辉煌
还要准备背箓、箩筐，把晒台打扫得
干干净净的，学会给月光煮好宵夜
然后，把自己变成一个成熟的人
端起酒碗等着苞谷回家，一切归来

甚至，我还可以放下仡佬话、诗歌
以及所有陪伴苞谷成长的锄头镰刀
也不用去回想过去或者思考未来
春天和冬天的事，也只是另一个世界
摆放在神台上的诗句，那些陈年字词
已经有了暗示，不需要剩余太多想法

想法太多也没有意义，苞谷即将成熟
太阳从九十九堡的脚跟爬到头顶
苞谷地的风声来回翻滚，不留情面地

掀开太阳河畔的衣裳，毛发鸡飞狗跳
我把雨伞、蓑衣都挂在开裂的墙上
把堂屋的内脏掏空，背起背篓出门
选择一片苞谷地，与秋天一起狂欢

太阳河

年关之后

腊月三十,一些人走过九十九堡的倒影
来来往往的,被夕阳倾斜的灵魂我行我素
无论风怎么吹,房顶上的火烟扶摇直上
祖先们已经等候多时,香烛也开始燃烧

童年经过的那些虚无的事实,让我承认
从黑夜里打捞上来的月光一定更加深沉
神台上的酒碗也同样装满深沉的回忆
能够容纳多少灵魂,我也讲不清楚

一路收割的阳光,稳稳地拿捏在手里
从左手滑到右手,日子就这样漏下去了
或长或短,或轻或重,只有自己掂量出来
在太阳河尽头,有着仡佬人的诗和远方

青枫树落叶的时候,太阳河的水越来越少
我看见自己的灵魂横躺在河床上
目光稀释最后一滴汗水,一碗苞谷酒
一颗缅怀之心,点亮香烛的光芒

我长期在太阳河畔徘徊,看守一片苞谷地
日子怀揣的梦苏醒过来,大年三十之后
一切都可以苏醒过来,在冬天叫醒春天
或者一群一群的苞谷籽,天气暖和了很多

我在深夜讲了

一些不该讲的仡佬话,连呼吸都是白的
风带着雪花,我看到九十九堡是白的
羊群也是白的,我拿起一碗苞谷酒
目光走向远方,远方也是白得透明

我心里乱得很,彻底一地鸡毛
杂乱无章的灰尘在眼里晃来晃去
遮挡泪珠的透明,光明渐渐暗淡
一团乌云从天空脱落下来,像铁锤

狠狠地砸碎我的想象,一个梦
怂恿太阳河再次流淌我的血液
为一场春雨准备,苞谷籽坚强的欲望
说来就来,苞谷地没有一点预感

但是我讲了,很多仡佬话也是事实
在深夜,布谷鸟孤身飞过九十九堡
顺便卷走一场莫名的空白,很透明
一棵青枫树抬起脑壳,月亮在上

我在屋檐下打瞌睡,夜色是白的
仡佬话也是白的,酒碗也是白的
一切都是白的,白到看不见自己的影子
最后我与灵魂走散了,脑子一片空白

隐　埋

其实，从头到脚都是白色的
白得通透，隐埋在瘦黄的沙土里
露出一根嫩芽，饮尽阳光和雨露
一个生命顽强地成长于九十九堡

我在草丛中寻找引路的根须
牵引我到另一个世界，惊喜出现
树叶把沙土压得很严实，尖尖的鼻子
发出呼吸声，孤独地藏在一片枯叶下

这世间呀，很多事物和我一样
心中隐埋了所有的白，自然而然
粗糙的皮肤总是掩盖所有真相
沙土把一切深藏，结结实实的

我挥舞锄头，汗水冲刷飞沙走石
通体透明的白，在汗水的滴落声中
融入沙土的皮肤包裹脆弱的生命
内心的白，让我对生命充满无限敬畏

一根坚强的淮山，性格撕裂两块石头
深深隐埋在沙土里，承受风雨煎熬
内心还是那么白，我的心情
我的生命与生活也是纯白的，没有伤痕

黄昏开始下山的时候

我们围着火塘,喝干一坛苞谷酒
酒坛醉倒在墙角下,酒碗倒扣黄昏
再次扶正,窗台上的霞光催着
苞谷酒一滴跟着一滴,流出碗口

消失在灰烬里,也消散我们的醉意
但是我们懂得,一个人要走散人世间
需要经过火塘的烘烤,点燃火把
慢慢照亮黑夜淹没的归途

我们点亮一团火,另一团火已经
在前面带路,把落日收进衣袖
我们把一个人珍藏在泥土里
很深很深,很多泪水流进心底

九十九堡脚底,黄昏掉落的地方
我们喝干一坛苞谷酒,然后尽情呼喊
一个比一个大声,一声比一声快速
消失,没有一个声音看见到太阳落山

我们沉睡在黑夜里,我们没有谁不在
黑夜里,沉睡是醉酒最好的安慰
我们眼睁睁地看着一个人走进夜色
摇摇晃晃的,留下一坛满满的黄昏

过了正月十五

苞谷籽开始下地了,它们在箩筐里欢呼雀跃
阳光暖和,布谷鸟第一次叫醒梦中的春天
毛毛雨从稀薄的云层漏下来,稀稀拉拉的
九十九堡的草木敲响嫩芽的大门,万物复苏

仡佬寨能够容纳多少事物,鸡鸭牛羊
青枫树和苞谷籽,一切从瞌睡中醒来的
男女老少扛锄头、拿镰刀,纷纷走进苞谷地
他们如此质朴,笑声也是朴实无华的响亮

渴了,喝上一口味道陈年的苞谷酒
酒香也是悠长的,在每一个人心中荡漾
细数生活的琐碎,不能漏掉一粒尘土
人生的喜怒哀乐、生老病死,需要耐心品尝

正月十五之后,仡佬寨的繁忙一场跟着一场
没有人闲着,没有人怀疑发芽的春天是荒唐
也没有人愿意把瞌睡放到三更半夜来闲聊
一碗苞谷酒下肚,繁忙被卷进醉意的夜色

但是他们依然不会忘记明天要去做什么
挖地、薅草、栽苞谷,一切都是清醒的
仡佬寨的春天,以及男女老少忙着准备
一些深厚的酒坛子,装下整个秋天

哮喘那些事

隐藏了那么多日月，最终还是
在我年过半百的时候露出马脚
一场发烧隐藏了很久，从童年开始
我的哮喘与感冒有关：吃药，好好活着

只是这哮喘不轻易出场，一些季节
天气暖和，呼吸就顺畅，心情也顺畅
我的日子也顺畅，那些往来的生活有着
天经地义的来龙去脉，以不变应万变

我最担心的是冷暖交替的那一瞬间
一股冷风从脊背直插肺部，刀口锋利
身体稍微晃动，气怎么也提不上来
一朵乌云堵在喉咙，挡住我的去路

一些习惯性的症状，像迟到的落日
不紧不慢地，被冷风卷进深深的山谷
如此天长日久地熬着，我也习惯了生活
需要多少耐性才能把中药熬成今天的样子

无法讲清。年年如此，我把哮喘搬来搬去
从老房子搬到新房子，从仡佬寨搬到远方
实在没有办法，我把内心世界搬进诗歌里
跨过太阳河，仡佬寨还会跟着我哮喘吗？

太阳河

经历那么多春夏秋冬,用过那么多偏方
医治哮喘的经验越来越多姿多彩
一山更比一山高,希望总是在绝望中生存
但愿人世间充满美好,生活无病而终

在太阳河源头

从冬天开始,河水回到九十九堡瞌睡
河床干枯,雪花掩埋砂石,满身白色
犹如我身上的蚕丝被,温暖人世间
那透明的白把冬天的阴暗隐藏
严严实实的,需要把目光放得更远更深
甚至整个宇宙,才能看透太阳河的心思

多年以后,童年的影子依然徘徊
在太阳河源头守望水出水干的日月
掠过我的视线,或轻或重,落在肩上
一只布谷鸟让我无法搬动沉重的脚步

把一个童年活生生摁在太阳河源头
等于摁进一生,那些沉没于泥土的时光
随着河水远行,一点一点地被稀释
我觉得童年的记忆越来越疯狂
栽苞谷、收苞谷,春夏秋冬的循环
与今天相比,差别实在太大
人世间没有什么可以比较的
过好每一天,留住美好比什么都重要

与太阳河相依为命,大半辈子了
那些草木或者天空都与我有着同样性格
在太阳河畔打一个瞌睡,还没有闭上眼
人生就这样过去了,留下的只有怀念

这片土地

顺着这条只有牛马走过的小路进去
我确实怀疑这片土地能否容纳我们的愿望
密密麻麻的青枫树也没有透露人世间的美好
从一个寨子到另一个寨子,九十九堡具备所有

阳光、雨水、苞谷、野兽,原始森林的杂乱
这一切都是苞谷酒的发源地,没有之一
加上我们的锄头、镰刀以及最后一根火柴
完全可以对付一片天空,无数生机油然而起

我没有见过如此茂密的森林,也没有见过
如此肥沃的土地,还有这山这水
应有尽有,从此不再喝着流浪的苞谷酒
仡佬寨的火烟从一个寒冬腊月升起,高高的

爬到九十九堡头顶,与阳光第一次牵手
这片原始森林,瞬间变成活生生的苞谷地
一条不再孤独的河流,行走的心尘埃落定
诗和远方,苞谷籽藏不住咬紧泥土的牙齿

仡佬人喜欢从一个寨子搬到另一个寨子
追寻心中的太阳,不管路途的艰难和遥远
改变生活就能改变命运,甚至改变一切
苞谷酒成了人世间奇迹,流过一片森林

我永远属于仡佬寨,属于九十九堡和太阳河
无论走到哪里,也走不出一颗苞谷籽的心
降落这片苞谷地,降落人世间的喜怒哀乐
无法改变的本性,苞谷酒是一场难忘的风月

一片叶落的启示

九十九堡,太阳河畔,天空那么宽广
但是,这些都遮不住我的眼睛
站在山顶上,可以看到无边的边缘
看见我的影子,在时间的门槛上摇晃

青枫树叶被风声打落,行走的轨迹
暗示,一个季节换上了另一件衣裳
颜色从我的身体里消失,没有踪迹
干干净净的,把心情彻底梳理一遍

天亮的时候,我丢掉所有的黑夜
人世间的事情晴朗了,脚底下的伤口
停止流血的烦恼,一块石头挡住风口
一层厚厚的疤,一些虫子走不出去

走不走出仡佬寨,不关我个人的事
一群男女老少,一个民族头上的光环
挂在脖子上,如果翻不过心中的山梁
那匹瘦小的老马就会死不瞑目

即使一片随风而落的青枫树叶
遮住眼睛,只要心比天空还要宽广
可以看不见一切,我希望自己一生
能容纳天空及其以外的一切

落下的青枫树叶,离开枝头
其实也是回归,回归泥土,回到本心
走出的想法也是为了更好地回归
路走得越来越远,距离本心越来越近

一碗苞谷酒的往事

拿起一碗苞谷酒,在碧波荡漾中
很多陈年往事:红白喜事或逢年过节
如同苞谷酒浓烈的味道扑鼻而来
清澈见底的苞谷酒沉淀人世间的杂陈

围着火塘,倾听窗外的风声
与火塘边的仡佬话相互攀比
这是消磨生活琐碎的一种习惯
酒碗在一夜之间装下所有闲言碎语

小时候经常见证阿爸的喜怒哀乐
在酒碗里翻滚,一只下蛋的母鸡失踪后
隔壁家的黄狗把鸡骨头咬得咔咔脆响
阿爸很生气,一碗苞谷酒溶解兄弟恩怨

长大以后我和阿爸阿妈,在春天
等着苞谷籽发芽,夏天的绿叶让我看见
秋天的黄铺满苞谷地,布谷鸟唱起山歌
苞谷酒缓缓流进坛子,我也喜欢苞谷酒

如今啊,一碗苞谷酒在眼前摇来晃去
阿爸不见了,阿妈的身影也摇摇晃晃的
我养成一种习惯,在苞谷酒里回想往事
一切依然如故,一切又好像都是陌生的

倾听窗外的风声,仡佬话掉落人世间
苞谷地还是那片苞谷地,只是多了一些
时光的背影,火烟般在酒碗里越拉越长
一碗苞谷酒沉淀了我积攒多年的银发

我想,我没有什么可讲的

我不能讲有什么遗憾,讲泪水是苦难
我有着超越春夏秋冬更加遥远的距离
走过或即将要走的路,以及生活的所有
苞谷籽等着春天的一场仪式必将到来

还没有遇见阳光就被丢进透明的冬天
那些刀口上行走的风声摇醒生灵
一颗苞谷籽已经被泥土接住
深深地掩埋在暖和的胸怀,生根发芽

我想这一生,我算是一个有福气的人
很幸运,能给仡佬寨增添一点光亮
一只布谷鸟叫醒沉睡三个季节的春天
给苞谷籽送来湿润的温床孕育新生

我什么也不能讲,想起一匹瘦马
在月光下踏雪的声音,一团乌云
飘过太阳河,响亮之声一闪而过
没有什么比八百年前的冬天更沉默

一些往事

老房子已经拆除了,泥巴墙坍塌一地
泥土回归泥土,像阿爸回归自然
一片苞谷地荒芜在琐碎的时光里
与阿爸一起对话,不厌其烦的仡佬话
无非就是一些夜间长出翅膀的杂草
以及青苔的重量让老房子难以承受
我经常忽略的一些事,日子开始泛黄

那天夜里,我坐在火塘边看着
火焰与阿爸的影子讲起苞谷地的往事
一片片苞谷地翻动春夏秋冬的景色
一颗颗苞谷籽酝酿的苞谷酒
像火塘中的火苗,兴奋不已
很多新鲜事物就这样在苞谷地生产
一滴苞谷酒能够包容仡佬寨的所有

多年以后,老房子变成了一片苞谷地
能栽很多的苞谷,酝酿很多的苞谷酒
但是,只有昼夜孤独的酒碗装下
老房子孤独的影子,摇摇晃晃的
我能感受泥巴墙的存在,也能想起
老房子曾经装满的生活琐碎
与这片苞谷地一样焕发生机

太阳河

老房子我是忘不掉的了,一个影子
在回忆里生根发芽,苞谷籽似的
在苞谷地年复一年地发芽,不然
我也不会走那么远的路,爬那么高的山
不停地开荒辟草,把心灵深深地栽种
在苞谷地,老房子承载的往事全部掩埋
在太阳河畔,我永远记住一些往事

这个春天

除了栽苞谷,我没有别的大事可做
在太阳河畔栽苞谷,年复一年
苞谷地的秘密被时光掏空,甚至空旷的人世间
也藏不住仡佬寨的誓言:找到山外的诗和远方

手中的苞谷籽,与我一起匍匐在太阳河畔
稍微一松手,他们就掉进泥土里生根发芽
比如这个春天,雨水越过土地的皮肤
一朵湿漉漉的云扯下天空,土地被裹得严严实实

栽完苞谷之后,我习惯躺在苞谷地打瞌睡
苞谷籽发芽的声音,比布谷鸟的叫声清脆
一种心灵的呼唤从地心传来,很空灵
我疲惫的身子一下子轻松了三百六十五天

只是积攒的生活碎片没有栽苞谷这么简单
火塘边上的酒,我不知道喝了多少
苞谷酒始终是满的,在火光中摇晃
人世间的一切也在摇晃,我一直努力向前走

除了栽苞谷,这个春天我真的没有什么事可做
甚至躺在苞谷地打瞌睡也算是人生的一种礼数
把自己仅有的皮肉交回给土地是天经地义的事
必须想通:肉体埋在这里,心也向往诗和远方

简 单

早上太阳从九十九堡滚下来,夜晚是月亮
这么简单的日子,如同一碗苞谷酒
清澈见底,没有一丝忧伤的尘土
大道至简,我一生的追求也是如此简单

因为要走的路还很长很远
像太阳河,所去的远方到底有多远
即使落日也没有办法掉进远方
一颗小小的心,我真的掐算不出远的距离

只是,我的一生依然如此简单
左手抓住右手,夜深人静的时候
日子就衰老在月光下,人生是一场戏
想通了,一通百通,没有那么复杂

时间不会等着一个在半路上打瞌睡的人
当我看不到自己的影子的时候,心跳加快
想走完最后一段路,哪里才是最后一段路
生活是件简单而平凡的事,走下去就是了

不要有什么怨气,也不要有过分的祈求
如果,如果我的一生还有一点光亮的话
白天交给太阳,夜晚交给月亮
不管怎样我不会辜负人生难得的好时光

回忆录

即使这样,一些回想永远不会过时
虽然会有天荒地老,或者洪荒传说
这些所谓的传说,不管时光如何翻炒
也只是人世间一厢情愿的一种回忆
一些往事,给了回忆生长的土地
记与不记或者想与不想,往事依旧往事

寒冬腊月,一朵云挡住阳光
晌午刚过,阿妈把我带到人世间
我不知道阿妈承受的分娩的痛苦有多重
或者还能承受多少没有降落人世间的痛苦
寒风卷裹阿妈,我在温暖的怀抱做梦
根本体会不到人世间的冷暖

一些短暂的疼痛让人不可捉摸
还让人担心自己的前世今生
以及疼痛的落脚点,如果继续走下去
也许能够把一个人的灵魂安放在神台上
所以,承受痛苦的重量也算是一种本事
或轻或重,分寸还得自己拿捏

其实,一个人就是一道风景
如同太阳河、九十九堡和秋天的苞谷地
来与不来,风景依然如画,四季轮回
轨迹不会改变,一个人降落人世间的速度

太阳河

也是一个漫长的过程,有快有慢
像一颗苞谷籽走到一滴苞谷酒的速度

那天半夜一匹瘦马驮着小心翼翼的影子
六个人,有大有小,还有迁移的决心
我努力变得坚强起来,拖着长长的月光
把影子摇来晃去,跟在大人身后
在山路上留下一串串雪印,还有马蹄声
对于我的人生,迁徙的路如此悠长

从一条牛马走过的山路到火烟四起
从一片青枫树林到一片苞谷地
从一颗苞谷籽到一滴苞谷酒
需要多长时间,我没有认真计算过
人世间的悲欢离合也没有办法计算
太阳河该流走的水还是不停地流着

如今,仡佬寨该有的都有了
该走的人也走了,该来的人还会再来
我从寒冬腊月来,有人知道,或许没有
只是没有人见到我惊慌失措的时候
一颗苞谷籽开始掉落人间,马蹄声带走
一匹瘦马,消失在雪地里,无影也无踪

一场雨折断我的左手

我抱着一场痛苦坐在泥路上
雨水又狠又重,打穿脸皮,火辣辣的
背篼里的苞谷散落一地,肚子空空的
衣裳也湿透了,一个疼痛的灵魂
在雨中跳跃,雨越来越大,风越来越狂

还有站直了腰的苞谷秆,经过雨水洗刷
白色的骨头若隐若现,在手腕上摇摆
好像春天破土的苞谷芽,穿透我的皮肤
露出凶狠的獠牙,风雨狠狠扇了几个巴掌

噼里啪啦,一阵痛苦的声音堵在胸口
我没办法呼吸,把所有的痛吞进肚子
雷声越来越响亮,雨点越来越凶狠
痛苦爆发的力量切割雨水和天空
左手变成了一副弯弓,反向行走的样子
我真的接受不了如此九十度拐弯

一颗苞谷籽从发芽到开花,再到苞谷酒
成长的路可能被折断,但没有如此拐弯
大雨过后的彩虹,在太阳河畔画一个弧
五彩斑斓,有多少痛苦一瞬间消失干净

白炽灯摇晃着白色的天花板
用力扶正,夹板绷带固定,医生说

好了,保持半个月不动
我的左手回归原样了,只是
从此左手的力气比右手小了很多

阿爸阿妈痛苦了,仡佬寨也痛苦了
而我在麻药发酵过程中的奔跑
灵魂从闪电滚烫的钢丝绳上滑落
掉进雨水搓揉的稀泥里,痛苦的泥土
一场雨,硬生生折断了我的左手

我的选择

住在仡佬寨,没有城里的车水马龙
我很喜欢这种平静,如果生活平静
鸡鸭在树荫下打瞌睡,一只老鹰
无法惊动太阳河的波光,我的心情很安稳

经过那么多风雨,从泥土里掏出一碗苞谷酒
和生活的希望,这是无法想象的
一个栽苞谷人的追求掉进碗里,碧波荡漾
然后心满意足,冬天的火塘暖和了很多

我是一个吃过苦的人,山上的苦楝树
掉了一层皮,被反复无常的生活吞进肚子
阿爸阿妈叫我忍住不要吐出来,最后我
还是呕吐了,翻江倒海的生活琐事吐了一地

由此暴露了我的懦弱,一只黄狗在笑
我是不服输的,一棵青枫树站在九十九堡
影子遮挡太阳,隐藏了瘦小的灵魂
一些坚强的力量在寻找合适的苞谷地

开荒辟草,我不停地追赶一场春雨
湿润冲动,我对这片苞谷地很有信心
我对仡佬寨以及我的生活深信不疑
太阳落山了月亮就出来,光亮还是有的

太阳河

我说服自己，让仡佬寨走进一束火光
推开门前的黑暗，给火塘添满干柴
照亮一匹瘦马向前奔跑的日子
永不停歇的马蹄声，响彻天空

我想，也许有轮回，也许没有
对我而言，有与没有也都一个样
住在仡佬寨就够了，其他的
都是天外飞来的花草，此生无所求

一匹瘦马驮走的日子

就是那天夜晚,公鸡还没有叫醒太阳
一匹瘦马在冰冷的路上,踏破夜色
驮起日子,从一个寨子走向另一个寨子
那个时候,马的身子和我一样充满力量

马和我对以后的生活很有信心
青草会有的,苞谷酒也会有的
在月光消失之前穿过干坝子
一切都轻松了很多,吃完晌午还要赶路

过了克长,风很大,马和我都有点顶不住
脚步开始慢了下来,我也不知道为什么慢
马身上的毛生长的速度也是慢的
我的心情也是慢的,像一棵青枫树

风雨中成长一百年,马想不明白其中奥秘
继续沿着那卡河沟走,天就失去了白光
马有点累,瘦小的身子显得更加渺小
像尘土被黑色的云吞食,在夜的肚子里

到了另外一个寨子,一切都是黑色的
马和我的目光游荡黑色,偶尔撞在一起
也顾不了那么多,反正没有疼痛感
我递给马一把干草,放缓瘦下去的速度

从此,马肚子长出一片青草,我牵着马
在苞谷地细数往来的日子,直到那天
马驮着我的日子走进黄昏,在苞谷酒里
看见马稀薄的影子,不停摇晃时光

傍　晚

在仡佬寨散步、看落日，回忆往事
落日撞了一下胸口，往事渐行渐远
很像落日，不在乎月光的追赶
漫不经心地与九十九堡擦肩而过

想一想在苞谷地打瞌睡的日子
拿起一碗苞谷酒，朝阿爸的石头城磕头
磕下了黑色的天空，谁也想不到
仡佬寨的风很安静，泥土隐藏静静的月光

无法安置在城市高楼的灵魂，在仡佬寨
总有落脚处，神台的烛光、火塘的火光
以及傍晚的霞光混合，经历几十年磨炼
仡佬寨依附着我额头上洗不掉的时光

这个时候什么也不用想，看着落日行走
仡佬寨不停地更换肤色，由黄变红
披上黑色的寂寞，一群乌鸦穿越天空
一团乌云把一些人深深埋进泥土的心脏

当然，也有一些人会从房间里走出来
或者很多鸡鸭牛羊在太阳河畔追赶日月
男人和女人围着火塘讲起古老的偷欢
吹熄灯光，所有事物都这样永远循环着

太阳河

我在想,一个人经常在傍晚散步
看落日,如同给仡佬寨披上一层霞光
太阳河畔的苞谷地一定会醉醒我的梦想
那碗苞谷酒还是满满的,仡佬寨的希望

仡佬寨，我的灵魂栖息地

穿过干坝子，脚底开始孕育苞谷籽的嫩芽
这是从一个寨子搬到另一个寨子的理由
一匹瘦马驮起所有的想象，翻山越岭
结局不能吊死在一棵树上，希望就在前头

用灵魂敲开仡佬寨的房门，一个生命
在一个冬天出现，又在另一个冬天游走
在风中降落人世间，渐渐成长在仡佬寨
命运不开玩笑，该在哪里就在哪里歇脚

有些事情也是没有预料到的，比如这身子
需要充实营养，才能保证所有的存在
才能与万物谈论生命的价值以及喜怒哀乐
恩爱、别离也是，少了哪一点都将是谎言

此时此刻，苞谷酒的味道弥漫火塘周围
胸膛上的萤火虫闪闪发光，无数的夜晚
曾经与他们做伴，在灵魂孤独的时候
走出空旷的世界，需要一颗苞谷籽的勇气

就是依靠这样的勇气走出九十九堡
当然，比起一颗苞谷籽的重量
还是自愧不如。为了一碗苞谷酒的清澈
今生今世把灵魂安放在唯一的仡佬寨

即使有人说，人世间万物都是空的
灵魂也是空的。是与不是没有多大关系
不能保证看见是存在的真实性，苞谷籽
从泥土里来又回到泥土里才完成生命的里程

秋天的苞谷籽

对于我,它们是救命恩人,从一个寨子
走到另一个寨子,就是为了寻找它们
它们的生命就是我的生命,从泥土里生长
与我一起喝着太阳河的水,向秋天迈进

我在苞谷地挥洒汗水,承担着
仡佬寨生命的延续,也承担起
来来往往的人进入或离开仡佬寨
暖和的火塘,为它们准备了过冬的温床

从古老古辈开始,那些离开仡佬寨的人
只是暂时的,离开也是为了更好地归来
它们的灵魂安放在神台上,点上香烛
他们通体透明,像充满阳光的苞谷籽

除了用锄头,我还要用心灵的诗歌
说出对苞谷籽的热爱,我还要
把秋天的苞谷籽揉进灵魂里,认真审阅
从春天发芽到秋天的身心饱满

然后,放进嘴里慢慢咬碎
细细品尝一年四季消费的时光
以此来完成对一颗苞谷籽的生命崇拜
一碗苞谷酒饮尽栽苞谷人一生的心血

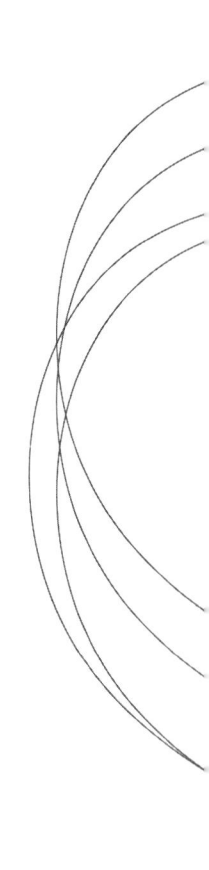

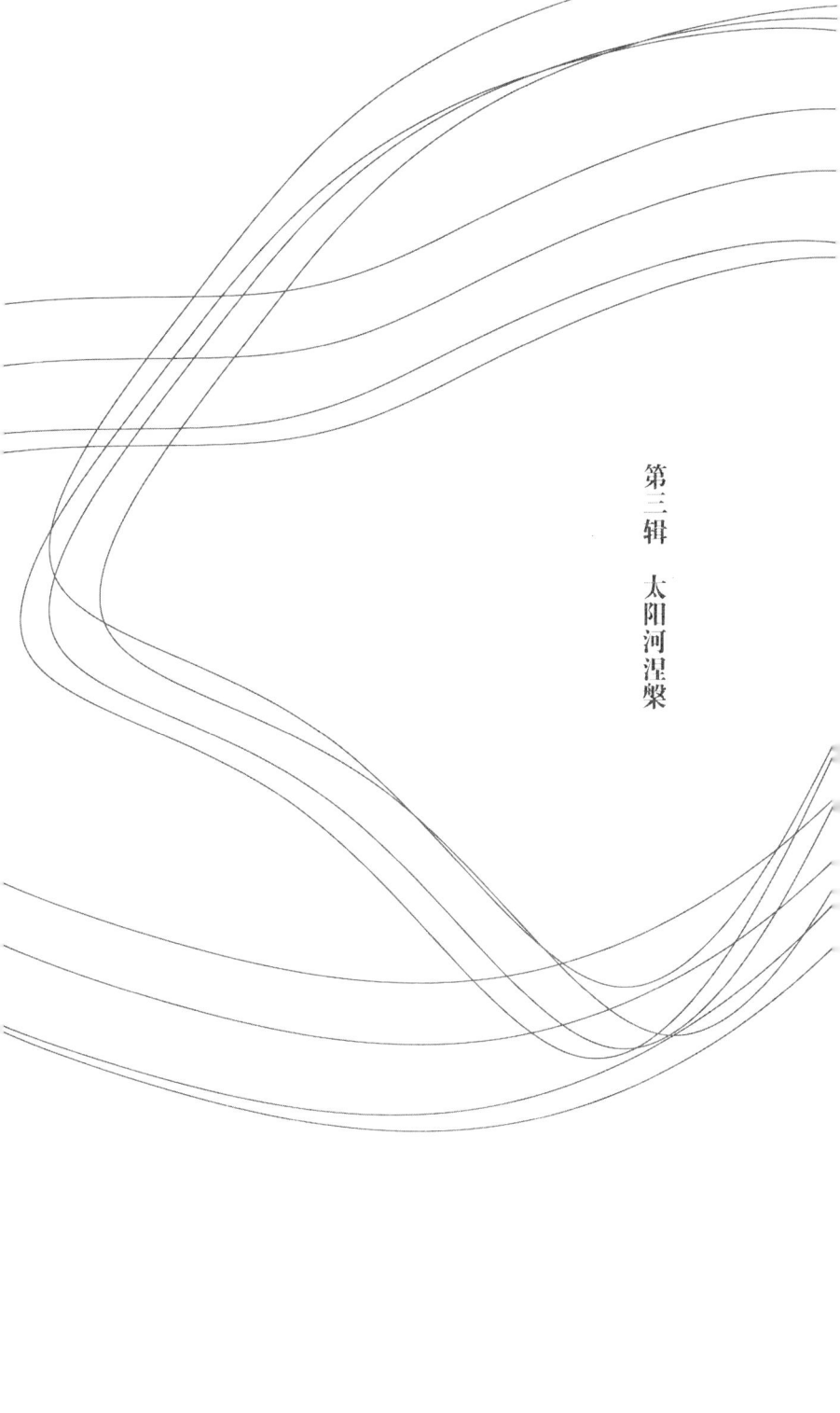

第三辑 太阳河涅槃

在山上

也许，可以去山上打一次瞌睡
去探讨苞谷与苞谷酒的关系
心乱如麻，去山上斜靠夕阳
去倾听一些关于春天发芽的声音

去山上放倒一棵青枫树，点着火
抽上一口浓重的土烟叶，呛得厉害
几声咳嗽，咳出一地熟透了的火光
然后狠狠吞下口水，饮尽一轮落日

山上的风吹散了夜空的星星
洒满一地，照亮很多梦想，闪闪的
把森林重新梳理一遍，齐刷刷的
一场莫名的细雨突然滴落人世间
山风过后，苞谷地长满秋天的幸福

让人挂念的地方，只隔着一个寨子
来来往往的人总是那么匆匆忙忙
还能谦卑地在山上磕上几个响头
既念过往，也忘不了给自己添上福寿
前面的人这样，后来的也不轻易改变

在山上可以随心所欲，花开花落
过往与今朝，留得住或者留不住的
都会一觉醒来之后烟消云散，是否有人

记得都是一样无所谓
一切如风,轻轻松松掉进山谷

思念是咀嚼秋天的阳光

思念留在九十九堡咀嚼青枫树籽
像咀嚼秋天的阳光,没有留下
任何声音,除了夏天的知了
仡佬寨贴满时间的化石,厚厚的

青枫树见证了仡佬寨的年月
遍布树干的褶皱,一层一层脱落
绿满一地新芽,光阴和阳雀声
像阳光穿透树林,脆响九十九堡

从秋天到冬天是个漫长的日子
爱与被爱深深隐藏的树影
即使只剩下一片孤单的叶子
也要等着嫩芽吐丝,点燃春天

其实,并没有在意青枫树
年龄走了多么遥远,只是
只是依然有所顾忌,在乎着
树根能够延伸得有多深,一切愿望

在黑夜到来之前

趁机喝上一大碗苞谷酒,也许
这是一个诱人的陷阱,在青枫树下
一颗苞谷籽的内心世界,摇曳风声
一场黑夜即将降落人世间的音符

火塘里的火苗疯狂地冲撞锅底
揭开一片辉煌,目光穿过黑色
天空滚滚而来的云团,密密麻麻的
想象提前于苞谷酒的味道预见黑夜

在酒碗慢慢延伸中,醉意却深深下沉
在脚底,无法抬头的大脚趾沉重无比
对抗冬天的青枫树,让一切逃离黑夜
并不是一颗苞谷籽成熟的过程

端起酒碗的左手,生活总是晃来晃去
摇晃的命运像一阵单薄的风声
在一个黑夜到来之前,右手捏紧筷子
狠狠夹住云雾留下的最后一缕阳光

或许自己真的是一个幸运的拓荒人
被黑夜抛弃无数次,在火光中
活着的时候怀念一些值得怀念的人
向着神台,庄严地供奉一碗苞谷酒

默　念

青枫树的绿，让春天的雨水充满泥土味
酒碗开始倾斜春光，老人的咳嗽
催醒苞谷籽发芽的呼声，一茬接一茬
打开苞谷地第一扇窗，迎接新鲜的阳光

祖先们啊，我们经常在阳春三月面对面
喝上一碗苞谷酒，分享鸡卦，在神台上
一些来来往往的身影，穿过堂屋
人生的最后一碗离别酒与一些香火有关

很多年前，一匹瘦马驮着腊月的夜色
把我送进太阳河畔，冬天过后是春天
我真的相信了，白花花的雪褪去
九十九堡的蓑衣，草木生机勃勃

如今，太阳河畔的一切生机
金光闪闪，一件黄色外套裹住灵魂
平稳地泅渡春夏秋冬，苞谷酒做伴
年过半百，怀念祖先是一件幸福的事

见或者不见，我们一旦讲起仡佬话
不同年龄，不同地点，用空间交换时间
用方言把诗歌写进苞谷地，一根火柴
点燃人世间的孤独，有人看见苞谷的成长

乌 鸦

不论是白天,还是黑夜
它们的外套都是一个颜色
也许,裸奔就是这种感觉
见与不见,九十九堡都在施展硬度

但是,仡佬人始终相信
它们身处黑夜的美景
一朵乌云卷裹另一朵乌云
一群乌鸦撞碎天空的黑暗

和时间相向而行
它们没有戳穿黑夜的阴谋
也没有这个能力,只是夜深人静
一朵乌云的浓度胜过另一朵乌云的内心

夜间飞行,或高或矮都是一个样
只有一阵风袭来,和它们的歌声相媲美
黑色的响声让人浑身起鸡皮疙瘩
掉进夜空的心窝,一阵哆嗦

他们的黑,黑到没有哪个敢接近
一种忌讳让灵魂在夜间找不到行走的路
黑色风暴保证了它们的生活自由
以及避免同其他类别混淆是非

正是因为有着同样的颜色
它们从来没有感受到生活的黯淡
然而，只要它们在太阳河畔呼叫
仡佬寨悲伤的心情沉重起来，这乌鸦嘴

牵走堆积如山的家常

今天气温依然很冷,亿佬寨下雪了
弟弟说年猪已经劏好,我想
此时此刻,用盐腌制的腊肉
正在火炕上列队跳舞,很疯狂
一串串火苗急匆匆地冲撞房顶的瓦片

阿妈就是那个不断添加柴火的人
一根一根地,细数岁月的发丝
让冬天的烈火熔断所有的艰难和忧伤
顺着火势,腊肉吱吱地发出咿呀言语
告诉阿妈,今年春节一定很热闹

阿妈在火光中默默地等着
一个人,从腊肉的咸味中走出来
那段过往,也许就是她的爱情
尽管没有任何甜言蜜语
也是值得守候终身的期盼

你啊,如果真有在天之灵
那坛苞谷酒还在等你揭开秘密
还有醇香的腊肉也会陪伴你
畅饮通宵,在回家的路上一醉方休
顺手牵走你这辈子堆积如山的家常

从此往后

我的思念叩响你的城门,三月
打动杜鹃的瞌睡,像布谷鸟的翅膀
渐渐舒展开来,迎接一年一度的仪式
我依然对你说,这是我要完成的生活程序

如同 2013 年第一场雪降临,一切静悄悄的
雪花穿过九十九堡,没有一丝声音的痕迹
落在那片黄昏刚刚掩埋的苞谷地上
当初你也是这样悄无声息地走得远远的

那时,我很想同布谷鸟一样消逝在黑夜里
或者犹如一片小小的雪花漫游在无边的夜空
轻轻松松地对路上的任何一个人说,这一切
与我无关,你无非是人世间的一个匆匆过客

但我还是做不到,哪怕保持一秒钟的沉默
也不能让我如愿以偿,许多命中注定的情感
掠过透明的时光,不断追逐我的灵魂
连我的躯壳也紧紧拴在你的门槛上

从此往后,每当黄昏敲响夜幕的钟声
一切往事已被寒风折伤,等到再次被敲响
已是三月的早晨,我从香炉上找回你
剩余的仡佬话,满上苞谷酒与你说长道短

这是我唯一能做的,也是我一生要坚守的
即使地动山摇、日月更换,我也不会背叛
仡佬寨上苞谷酒的味道,让我们的灵魂
共同呵护一棵青枫树,你在月光下安心瞌睡

自由意味着有更多选择

当生活成为一种仪式
选择什么样的姿态
意味着选择自己独有的空间
有眼光,你选择了自由
扛起你的水烟筒以及其他家什
逃离烦恼的藩篱,没有声响
像布谷鸟一样,逍遥自在

相遇在青枫树下
只是因为时间对你我的要求
现在,三月的盛宴呈现你的风景
举着品尝以往和以后的琐碎
忘乎所以,把悲伤摔下无底深渊
无影无踪,只剩下太阳河
暗流在悠长悠长的山谷里

自由意味着你有更多选择
也意味着你必定具备唯一的嗅觉
愿意抑或不愿意,每当季节来临
装满纪念味道的锅碗瓢盆
还有流溢在太阳河畔的
男人和女人们的吆喝声敞开着
站在房前屋后与你共同分享

太阳河

思来想去
这不是唯一的一次
以前没有,以后也不会有了
你我仅有的亲情或者其他所有的
都已化作永久的记忆和回忆
自由,意味着
拥有更多的选择

被窗帘吞噬的灵魂

你的身影从灵魂的窗前一闪而过
温暖的手指贴在窗帘上,很深刻
一个问号,至今还在保存
我无法演绎其中的答案

梦醒时分,窗帘透明洁净
情绪依旧乱糟糟的,挤满所有空间
你的呼吸已经等不到我的谅解
便悄然消逝,永久地无影无踪

陌生的时光重复呈现窗帘
布满无限孤独与安宁
遗言也是多余的一片荒芜
慢慢吞噬我的灵魂

你的影子插满我的手指
一道泪痕撕开悲伤的胸膛
我真的很难过,但我确实无力回天
一去不复返,一切关于你的事物

阿爸的酒碗

其实,那位泥瓦匠一定以为
这酒碗不算是什么珍品
只是一个普通的陶瓷碗罢了

可是,在你的手中
这酒碗是一只关乎你
生命与苞谷酒的极品

倒进去的是苞谷酒
溢出来的是一种历练
一种品尝生活的味道

无论酒碗好与坏,也无论
苞谷酒的淡与浓,都是
你的一种生活标志

你的酒碗
浸泡一生的春夏秋冬
品味人生的记忆

另一个世界

你已经走了，很长很长的距离
延长了好几个年头，时间
是多么仓促，好像就在昨天
人生有多少段如此漫长的距离？

走之前，你和我同在一个火塘边
斟酌苞谷酒的来龙去脉
我们追根溯源到酒娘子
走了之后，你已经悄然堆砌
一座坚强的石头城，修饰风景
告慰我，生活的路上要努力奔跑
握住活着的本事比什么都重要

你虽然离我越来越远了
远到淡漠在太阳河的记忆里
我还常常看见你在月光下
抽烟、喝酒、栽苞谷的背影
晃动着翻阅泥土的痕迹
记录每一个熟悉的名字和亲情
砌成让我忧伤的家园

其实，你并不想走
只是在阴阳两界之间
你找不到最后那根苞谷秆

太阳河

生长在另一个世界,从此往后
每年苞谷的收成还是那么好吗?

生命之轻

平静而安详地
躺在太阳经常滑落的地方
你就这样悄悄地走了
身躯浓缩所有往事
摆出一副视死如归的样子

其实，像你这样匆匆地
悄然离去，随时都可以
发生在人世间的每一个角落
令人不轻易忽略
一场雪的突然融化

也许，你已经学会让时间
选择性地流露悲伤
关于你的种种传说
始终悬挂在空中飘扬
让记忆无法淡化

犹如一只疲惫的蜘蛛
到达网络边缘之后
沿着视线渐渐消逝
就这样摆脱肉体的束缚
离别现实的经验世界，远去

这就是你一去不复返
最好的归宿,在太阳河畔
也许,你出生时候的选择
注定了你魂归何处的理由
没有办法改变的夙愿

时光从窗前滑落

窗前，寒风坚硬的声音
撕裂游离在窗棂上的时光
划出一道道光环围绕仡佬寨
瞬间降温的泥巴墙光彩夺目

灿烂的冰花插满窗台
阳光丢失的温度艰难地呻吟
像钟声，沉闷地敲碎
冬天的寂寞，没有一点儿生机

时光从窗前滑落的时候
我们共同用仡佬话书写的日记
摞起来，堆成日子过滤的碎片
凝结了坚不可摧的誓词

打开的窗门，风声滚滚而来
夹杂着斑驳的酒话和教训
说不尽也道不完，只是默默地
隔窗相望，互道祝福，相互惦记

一条鱼

如果说,仡佬寨
是太阳河畔的一座小岛
泥巴墙的房子是一尊鱼缸
你就是鱼缸里的一条金鱼

一条金鱼生活在鱼缸里
方寸之水,相依为命
有实物有氧气,应有尽有
活着并不是鱼最终的归宿

目光穿越透明的泥巴墙
像太阳河一样晶莹剔透
一条金鱼梦幻般从东游到西
始终无法游离泥巴墙的遮拦

时光如梭,斗转星移
一条金鱼在鱼缸里来回转圈
这种活法像被苞谷酒麻醉
很有想象,但似是而非

那个冬天,苞谷酒喝多了
一条金鱼逃离生活家园
毫无动弹之力,静静地
躺在干枯的河床上睡着了

结束也是开始,结束的是肉体
开始的是灵魂的升华
一条醉了苞谷酒的金鱼就这样
离开太阳河,前往另一个世界

无法丈量的爱

那些单调的日子再也不会回来了
惦记是你给我留下的唯一奢望
从那次阵痛以后,我开始寻找
你以前浪费在我身上的所有关爱

你曾经说过爱无法用数字表达
祖先没有留下计算爱的基因
每年三百六十五天以外的分分秒秒
那些多如蚂蚁长征的脚步无法丈量

于是,我们有了相互解码的纠结
过去的密码一觉醒来后可以重复使用
颠倒数字排序之后一切又是崭新的
没有办法预测明天要安置在什么地方

爱的天平就是这样,少了一个砝码
就少了很多很多的数字,平衡的指针
不知道指向哪里,如果偏离某一边
另一边就会失去存在的价值和意义

我们都是玩偶之人

以为自己可以成为一座孤岛
在茫茫人海中特立独行
除了空气,与其他没有任何瓜葛
其实,我们完全错了,不过是人群中
非常渺小的一粒泥沙,红尘滚滚
谁离开了谁,谁也什么都不是

悄然离开并不代表完全消失
还有许许多多,包括死亡或者重生
无法想象风和雨继续生活在人世间
没有谁能够离开谁,存在的本身
就是一种相互牵挂的合理关系
即使你我他都不能逃离渔网的捕捉

如果非常想念彼此,即使一瞬间
有事没事找点有用无用的活路
甚至找些漫无边际的仡佬话
纯粹表达永远存在或即将消失的爱
与被爱,同样珍贵,犹如一朵鲜花
只有仡佬话才能描述里面的精华

一种富含冲击力的痴心梦想
让人世间疯狂起来,然后
想起自己该做些什么或不做什么
自己该走的路还得继续单独走下去

哪怕半路摔跟头,没有任何人搀扶
也会义无反顾,收拾身后的脚印

如此这般,寻找攀谈生存哲学的道理
与你一起爱上闲聊,在三月有事没事
变成一个空间与另一个空间相互对话
是一种仪式中的程序,其实也不完全
你还是你,我还是我,你我之间
只是时间拿捏的无法割舍的玩偶之人

假 如

假如雪花没有在半夜滑落
冬天还会继续在床上打瞌睡
日子也是有头有尾、按顺序走着
没有一点痛苦,也没有任何悲伤

假如那棵青枫树没有倒下
你也不会匆匆忙忙把黄昏赶进山沟
森林还是顶着太阳,高高地
照亮黑夜,照亮太阳河畔每个角落

假如我们还没有天各一方
我将成为距离你最近的人
给你点烟,满上一碗苞谷酒
为你献上太阳河畔最闪耀的诗行

假如,如此假如,已经没有假如
你是知道的,我只能在三月给你送信
信纸上写的,全都被信封吞进肚子里
你知,我知,就算老天也不知其详

酒桌上的仡佬话

酒桌上的仡佬话散落一地
是哪个把惊慌失措的锅碗瓢盆
跟随哀乐重新排队,轻轻弹拨
一曲悲伤,仡佬寨由此陷入低沉

春夏秋冬,日升日落
端起酒碗的情绪好比太阳河
慢慢流进酒桌的边缘,或许
自然规律,没有什么值得怀疑的

假如一切哀乐不再重新演奏
酒桌上的仡佬话毫无秩序
随时都可以翻来覆去,更换
太阳河改变围着酒桌跪拜的命运

如此嘈杂的仡佬话,情绪低落
掀开那些混乱的锅碗瓢盆
装满悲伤,酒桌上滴落的眼泪
掩埋一颗苞谷籽随风生长的雨季

想　法

就这样，喝了三碗苞谷酒
你就躺在九十九堡梦想
与鸡鸭牛羊对话，一些农活
苞谷地齐刷刷的，站着一片
丰收的景色，粮食装满仓的心情
浸透了你的汗水与秘密
在撵牛的山路上讲起
古老古辈栽苞谷的故事

拿起时光打磨的水烟筒
吐出一片收割的苞谷地
释放从春到秋的辛劳
烟雾穿越鼻孔，慢悠悠的
摇晃在老房子上空
顺手带走一年的酸甜苦辣

于是，你放下所有负担
想一想明年春暖花开
第一颗苞谷籽在哪里发芽
最好躲过与杂草争抢营养
锄头镰刀也要提前擦亮

黄昏过后，孤单的仡佬寨
渐渐被夜色吞噬，无影无踪
九十九堡开始打瞌睡，只有

你与几个孙子语无伦次的交谈
他们的阿爸阿妈和哥哥姐姐
什么时候能从很远的陌生城市
带回一些芒果荔枝或现金与安慰
让仡佬寨也尝一尝城市的味道

仡佬寨还是要继续活着
苞谷还是要年年栽种
鸡鸭牛羊还是要天天喂养
不管怎样,你一直在想
不能让这些小孙子跟着自己
躺在苞谷地里抽烟喝酒打瞌睡

想起与你爬上九十九堡

从山脚仰望九十九堡
古老的太阳河,像一条腰带
飘飘然,依山而下
带着骄傲的性格远远流去
展示九十九堡的雄伟与高壮
也凸显云贵高原崇山峻岭的力量
水的蜿蜒绵长与山的神圣不可侵犯

你的脊梁像一座大山坚强
承载蹉跎岁月的来来往往
圈点太阳河的过往曲折
讲述仡佬寨的起起落落
人来人往,兴衰成败
很多难以割舍的生命符号
像阳光揉碎的日子
星星点点,洒满太阳河畔

我累了困了,借你的肩膀舒心依靠
歇一歇脚,储蓄向前的能量
给心灵充充电,你没有什么怨言
怀揣责任,面带幸福的微笑
再一次出发,往高高的山巅
继续书写我们共同的故事

太阳河

登上九十九堡,陪我一起成长
回首荏苒岁月,辗转无数往事
想起曾经与你把酒言欢
穿越时空高声叩问苍天
你我都是太阳河的守望者

在短暂与永恒之间

心情在时空交错中被挤塌
太阳河的狂热一夜之间掀翻天地
你端起酒碗是一种夸张的演绎与表达
锣鼓声与布谷鸟随着山峦翻越宇宙

仡佬寨巨大的天幕不停地滚动
低沉的抽泣声从森林里流露出来
瞬间寨子失去喧嚣的宁静与平衡
剩下无限哀思在苍茫寂寥中随风飘散

是非对错尘埃落定,一个生命终结
感叹光阴似箭,你漫步天空的身影
以及那些令人难以忘怀的酒歌
让我不愿意接受"谢幕"这两个字

一些日子从此永远离开我而远行
像行星猝然陨落之后被时间遗忘
你开辟的苞谷地因你的消逝而震撼
我抛开知觉抚摸生命的短暂与永恒

悄然离世的时刻也是得到重生的时刻
一个拒绝长大的人找回童年般的自我
用传承的仡佬话跨越太阳河与日月
追求生命主体存在意义的理解与诠释

最后的送别

手机的电波穿透天空的耳膜
给我传递信息,很突然
你走了,这是我没有
预料到的事情,在匆忙中
我把一切丢给快巴车
载向云贵高原,一个地图上
找不到名字的寨子:亿佬寨

据说,你放下手中最后的时光
一棵青枫树在黄昏倒下
之后心里平静,没有一点声音
真的走了,身子像一根干柴
横躺在九十九堡,很安详
双目紧闭,颜容暗淡
没有一点遗憾,也没有给
你的这些儿子女儿和小孙子们
留下太多的宽慰与疑惑

因为,像你这样没有病痛
起早贪黑追赶苞谷成长的人
这些年来,默默地坚守内心
单纯低调的生活,有时候
也想起自己离世的阿爸阿妈
想起一些零零碎碎的事情
渴了,喝一口陈年苞谷酒

困了，哼一些老调的歌谣
别人听不懂也不愿意听的酒歌

你的这些后辈们还能对你
苛求什么？只有静静地
蚂蚁般簇拥着你的背影
在雾雨朦胧中，送你归西
让你在九十九堡永久沉睡
然后，把所有的事情留给想象

时光歇脚的寨子

一条星光大道直接向你走来
透明的乌纱笼罩冬天,很冷
冰凌似的月光刺穿空气的味道
蔓延,时间趁机切割的仡佬寨

古老的思想还来不及考量就断线
滑进声音消亡的末梢神经生长地
伸出冻结的四肢,爬行在路上
一步一个脚印踩碎别人的梦想

走着走着,回头像坚强的苞谷花
绽放余光,插满仡佬寨的房前屋后
遗留锣鼓与唢呐相互轮回争吵
之后,顺手牵走无数鸡鸭牛羊

时间不可能等着迟来者瞌睡的长假
总是那么匆忙,马不停蹄地交换
阴阳两界勾连的时光,疯狂地卷裹
春夏秋冬唠叨得稀里哗啦的家常

温度蒸发岁月的荒凉

那天早晨,天还没有亮
雪花给九十九堡穿上一件
白色的衣裳,为你送行

自从你跟随黄昏走了以后
青枫树的腰杆更加直立
也显得更加坚强

所有的一切都会随风过去
悲伤已经让石头开花
九十九堡不再苍茫

等待既是苦难也是幸福
你之所以那么执着地等待
不是希望一个人的远走他乡

其实,你是想怎样才能做到
一次心灵的洗礼,灵魂解脱
仡佬寨怀抱阳光,永远安详

碎了的梦,散落一地
锣鼓敲打的记忆凝固时光
温度蒸发岁月的荒凉

太阳河

放心走吧，留下的一丝温度
融化雪花，湿润天空一片
太阳河畔孕育了苞谷籽的温床

来年春暖花开，鸡鸭牛羊满山
叫唤绿色风景，神台上的香火
重新点燃你守护仡佬寨的希望

等待春天发芽

我急忙开车进入太阳河畔
马达声撕裂一片青枫树林的寂寞
唢呐声,锣鼓声,声声刺耳
演奏亿佬寨少有的八音调子

融入腊月天稀疏的月光
那些曾经挺拔的草木低下头颅
刚刚出土的泪珠还来不及降温
已经滴落你的颜容,一串串的

我不知道应该怎样删除悲伤
一切来得那么突然,简直是
连一句喘气的话语都没有
保存在你我之间冷暖交替的视线

唯一能够安抚我单纯的心灵的
是你安静地离开,没有任何痛苦
哪怕让我遗憾的一滴眼泪也没有
毅然决然走上你始终坚守的路程

一群鸡鸭牛羊全都给你带走吧
还有那坛苞谷酒和那些苞谷种子
我都顺着一阵寒风白雪播种
在一棵青枫树下,等着春天发芽

风声挡不住苞谷酒的诱惑

你的故事像青枫树叶一样
从春天到冬天,自然而然
被风吹着,最后散落一地
在厚实的九十九堡睡瞌睡了

冬天从此开始漫长的叙事
你永远闭上眼睛耐心等着
那些深深哀悼的悲伤
在不久的将来也会悄然消失

即便如此,所有一切的一切
依然按部就班,遵循自然规律
春夏秋冬,从来都没有颠倒是非
无法让你回游,抑或跨越仡佬寨

如果因为风声而感到忧虑
打扰你的不是撕裂疼痛的力度
而是你对苞谷酒的诱惑茫茫然
支配的力量自然不可征服与违抗

辗转生命历程,犹如星河璀璨
流露着你曾经操纵的信念
把灵魂与肉体分离,一干二净
保存仡佬寨的成长经验和生存哲学

等待陈年的仡佬话春暖花开

无论昨天怎样走丢,再也回不来
毕竟是你用心堆砌的时光
成功与失败同样令人怀念
没有什么可以遗憾,也不该遗憾

无论今天怎样张扬,再也收不住
毕竟你已拥有昨天的记忆
曾经的呵护多么美丽
没有什么可以放弃,也不该放弃

无论明天何去何从,也应该选择
毕竟经历了昨天的酸甜苦辣
还将延续今天与明天的希望
没有什么可以阻挡,也不该阻挡

时间随着春夏秋冬渐渐衰老
又轮回,思念永远地老天荒
苞谷花淡淡的清香还在仡佬寨
苞谷酒牢牢地将心与心串联

把忧伤的时间晾晒,风干潮湿
然后,与雪花冷藏在青枫树下
耐心等着苞谷籽跟随季节发芽
等着陈年的仡佬话春暖花开

梦见熟悉的陌生人

在梦里,我最迫切的愿望
遇见一个熟悉的陌生人
犹如你渴望遇见我一样
我们相互交谈一些似是而非
又似乎无关紧要的生活琐事
所有的梦也许都是一个样子
想见的见不着,不想见的
一个跟着一个来,无法阻止

我们播种不可磨灭的情感
一场山风铺天盖地横扫一切
瞬间令人无法呼吸
奔跑在体内的每一个细胞
流淌晶莹而灼热的汗水
让我闻到蔓延在你生命中
所有亲情的味道,意犹未尽

也许,世界无所谓有无尽头
也无所谓见与不见,存在即事实
你渐行渐远,我的梦越走越深
你向时光末梢靠近,融为一体
我的梦更加清晰可见,此时
一个熟悉的陌生人开口说话

一棵青枫树的背影,晃晃悠悠
发出咿咿呀呀的梦呓,最后落下
一片黄昏,在你脸上东张西望
太阳河畔的苞谷花升腾且芬芳
似梦又非梦,既熟悉又陌生
只有,也只有一碗苞谷酒过后
你的影子坐在火塘边烤火取暖
苞谷酒染红你熟悉而陌生的脸面

阿爸·牛

每天总是与那头牛讲一些
别人无法解读的仡佬话
孩子在你心里是一颗苞谷籽
撒落在你与牛翻犁过的泥土里

吆喝着牛在苞谷地追赶日月
一条条犁铧的印子,弯弯曲曲
将你寄存一生的苦楚与秘密
连同苞谷籽埋藏在深深的土地

你手上拿捏的日子就是等着
长大的苞谷和布谷鸟的歌声
在秋天到来的第一个夜晚
牵着牛鼻子与希望一起回家

瘦小的山路拉长了太阳的脚步
忙碌中,你和牛疲惫的话语
被落日倒立在九十九堡头上
耐心地等着仡佬寨走进梦乡

生活总是在忙碌的过程寻找欢乐
再苦再累,祖祖辈辈都一路走来
你也是一样,牢牢记住祖训
和牛一起拿着镰刀收割耕耘的芬芳

致大山里的阿爸

你对这片土地如同生命一样虔诚
所以,用躯体撑起一个坚实的空间
你像这片土地苍老,连自己也数不清
在泥土里雕琢多少圈年轮

只是每个脚印敲响天空的窗门
犹如阳光在树林和溪边播撒的民谣
每个音符都是你对命运的抗争

祖辈遗留的手迹将一片片森林吞咽
那支漫长的水烟筒垂在你嘴边
孤烟直立于天地之间

犁地栽苞谷的季节
你躺在野火烧透的苞谷地
静静地翻阅岁月剥蚀的皱纹
一旦意义被诠释,你就惦记
远方的儿子为何迟迟不归

因为儿子漂泊在茫然的水泥森林
像漂流在太阳河的木排,朝着大海
寻找失去的号子和搏击的浪尖

儿子清楚地记得你首次搭车到县城
竟然看花了眼,从那以后

太阳河

你每天都用一种古老的方言
叙说那群久远而熟悉的苞谷人

你一生的希望埋藏在故事的字里行间
那是一群信纸上舶来的布谷鸟
儿子在远方的微笑似晴朗的月色
轻轻地,叩醒你暮年的房门

看着你一天天衰老就像看着自己
一天天长大,但是夹在父子之间的影子
很像一颗陌生的红苞谷籽,特别显眼

儿子知道你坐在煤油灯下的孤影
也知道煤油灯与霓虹灯不能相提并论
可怎么也忘不了你留在门槛上
充满泥土芬芳的脚印

你永远不会忘记很多事情
也永远想不起很多事情
经常与泥土搅在一起,却分不清
泥土与皮肤的颜色与气息
一颗颗苞谷籽在指纹里发芽诞生
沾满泥土的微笑是儿子遥寄远方的家信

泥土融化了梦想

从此,永远安放在九十九堡
静静地等着日月之光的洗礼
风敲碎房顶上的火烟
散落的话语悬挂墙上一片

念想着无尽跳动的光线
把山峦、寨子、苞谷和遗言
连成一片,一切渗透记忆
土地、家禽、苞谷酒以及水烟筒

从容的青春岁月悄然再现
一夜之间躺在九十九堡
却归因于一直寻找的宿命
让土地融化一生的梦想

还是永远停留在九十九堡
躺在青枫树下观赏风霜和雨露
看看苞谷籽一遍又一遍成长
无论走得多远,心总是有个落脚点

我无法融入如此夸张的孤城

你是我永远的安慰与牵挂
像青枫树林光秃秃的泥土
滋养我的爱意和生命
栖息一切诗性和生活旅程

那座长满水泥森林的城市
我是一棵孤零零的小草
飘荡在太阳烧焦的杂音中
度过一切忙忙碌碌的日子

甚至谎言也可以作为通行证
把人引向虚伪的幸福与盛典
所以,我始终无法融入
如此夸张的孤城,对我来说

假如你不是那么匆忙远行
也许我会在夜深人静的时候
滋生走进那座城市的欲望
寻求一些可能,为仡佬寨

只有你让我找到欣慰
诗意地生存于浪漫的山林
放歌,播种春天和苞谷
以及收割阳光和秋意

归去来兮斯人逝

这一刻最后还是到来了
只是没有想到来得如此突然
所以,没有任何心理准备
一夜之间,风吹遍九十九堡
枯枝黄叶落满地,青枫树哀思
收藏很久的眼泪掉进太阳河

悄悄地,最后一顿夜饭
清水泡饭,简单得不能再简单
就这样睡着了,与这片土地
埋葬了所有星辰和留恋
一丝疑惑也永久收藏
紧锁的目光毫无阴影

该来的与该走的都一样
不需要任何盛宴或敲锣打鼓
一切都那么自然而然
青草绿满山坡,播种春天
灵魂归隐山林,永不相忘
归去来兮,斯人已逝

寻找散落的叹息

我能记忆的是抚摸你苍老的皮肤
所有的温度覆盖了怀念和想象
那些被时光折叠起来的昼夜
消耗太阳河与九十九堡的野性

你离开之后的疙佬寨,失落的黄昏
在心灵的房前屋后打瞌睡
我们的最后一次见面,没有话语
伤痛的告别,像2013年第一场雪

我们重新细数苞谷酒醉倒的日子
无法割舍的情愫与期盼
像青枫树孕育的幼芽,三月的祷告
在香火燃烧的烟雾中渐渐生长

然后,春夏秋冬相互交替循环
寻找泪水洗刷风声的痕迹,以及
散落在太阳河畔的叹息,全部藏匿
我们共同开垦的最后一块苞谷地

诗意的哀歌

告诉我,为什么是这样的冬天
一首诗歌毁灭了你的梦想
冰凉的心脏藏在皮肤下面
默默无闻,甚至忘记所有

太阳河还是原来的太阳河
只是增添了一张孤独的画影
从冬天的月光下匆匆走过
遗留一首诗歌在太阳河叹气

从今往后,这应该是我们
最佳的交流方式,没有声音
各自坚守一间空空荡荡的房子
把诗歌一句接着一句填满思想

从小到大,你总是毫不留情
对我下手,从太阳河源头推向远方
像把玩手中的水烟筒一样游刃有余
我今天用诗歌来跪拜你的灵魂

我们从来都是如此默契地配合
没有一丝差异,只有一首诗歌
我们都成了诗中无法诠释的语码
谁也离不开谁,永远相伴而行

心情尝过的悲伤

我的心情已经尝过悲伤的滋味
2013年第一场雪让诗歌如此消沉
落雪的声音遗弃了寒风的美梦
没有人知道苞谷酒的浓烈将被稀释

你的影子掠过太阳河最后一道风景
闪亮的火光以及那些来不及收拾的往事
正如墙壁上的皱纹,一点一点的
都是你几十年辛勤的耕耘,在那个冬天

我丢失了快乐的钥匙,至今也没有找到
一些莫名的疼痛,总是发作于夜深人静
凌晨时分,我始终无法落笔的诗行
很想夸奖你的一生辉煌,却终日言尽词穷

在那座孤独的石头城,你涂满即将消失的
仡佬话,砌墙的每一块石头,都是你我
父子情深的见证,我一生一世不敢忘记
我是你的儿子,哪怕冬天冻伤所有的情感

没有任何一种言语能够表达我的心情
只好把怀念你的艰难深深地埋在苞谷地
等着春天长出一棵青枫树,我就像树影
翻阅苞谷酒的日历,渐渐消化悲伤的滋味

走过的日子被洗劫一空

跨过这道寒风把守的门槛就是阳关大道
你的一生被时光浓缩成了独行侠
被风吹干的身影依然马不停蹄
一路抛撒刚刚烤熟的苞谷,沙沙作响
火塘里的火苗拱手相送,没有别人
因为你不想吵醒打瞌睡的鸡鸭牛羊
即使卧守在门口的大黄也被蒙混过关

你也努力思想,赶快走吧
趁天还没有落下黑幕,赶紧离开仡佬寨
走过苞谷地,你看了一眼自己用过的锄头
弯下腰,深深地抓住热情的泥土
很想握一把,伸出的双手突然被风折断

当你回头寻找,走过的日子已被洗劫一空
于是,一棵青枫树在冬天发芽
那天凌晨,所有的记忆都是刻骨铭心
2013年第一场雪坠入时光低谷
消失了一个黑夜,化作肥泥滋养一个灵魂

既然已经收拾好一切,火塘里
干柴也烧得非常旺盛,火光亮堂堂的
照亮你前行的路,瘦小而漫长
那就高兴地走吧,纵然命运在冒险
你也不是第一次了,或许冒险也是一种

太阳河

新生,只要平安抵达心灵的彼岸
太阳河畔风平浪静,一切如故

从前的故事被一次黄昏吞噬也不要紧
前方的道路铺满荆棘或泥泞也不要紧
关了这扇门,另一扇门又朝你打开
不信你好好看看,路的尽头又是一片
苞谷地,还有一碗苞谷酒为你解渴

轻装前行是你最得意的收获

即使过去多年,记住 2013 年第一场雪
把往事凝结,十分透明,没有一丝杂质
那棵青枫树招引一树雪花,盛开在冬季
等着你用苞谷酒浇灌,旺盛地生长

黑夜慢慢吞噬黄昏,在凌晨时分睡着了
孤独的布谷鸟站在树梢上扇动翅膀
脆弱的哀叹声冻僵时光,稀里哗啦地
泪珠碎满一地雪花,影子拉得好长好长

翻阅那片苞谷地,你一定留下很多标记
凭借这些标记,你轻而易举在夜间消失
火把是透明的光,脚步声也是宁静的
你一个人,一闪而过的身影卷起一阵风

也许,你就是冬天里的一阵风
与雪花无关,冻伤的青枫树和布谷鸟
以及他们所知道的关于你的往事
埋没在这场雪的惊奇里,你是知道的

青枫树下停留的夙愿,让雪花飘荡
在石头城上空一览你的躯壳,那一夜
灵魂轻松地躺着,观察仡佬寨的动静
那只大黄闭目养神,守候走夜路的你

太阳河

轻装前行,这也是你最得意的收获
没有给自己或他人造成痛苦,大概是
你多年来修行的善果,令你倍感欣慰
杂乱无章的琐碎也温暖了你的归途

一切成为过去,一切也会重新开始
将来的信心借助昔日的力量,在另一块
苞谷地酝酿苞谷酒,也是你坚守的定力
再次起风时,青枫树还会招惹一树雪花

这条路连接着你我

走到 2013 年第一场雪降临
所有的想象都滑落了
空空荡荡的冬天,凌晨三点
雪花一片接着一片,掉进黑夜

你心不在焉地打瞌睡
直到停下心跳,于是
我们用心相互握住对方的温度
然而,一切都是空空荡荡的

路,一夜之间变得越来越纤瘦
这头是我,那头是你
中间镶嵌着一双巨大的天眼
左眼是你,右眼是我

我们相互注视对方
看到的却是自己的灵魂
始终看不透对方的深邃,是否
真的存在阴阳两隔的围墙?

果真如此,那么这阴阳之间
还留有一条空空荡荡的路
让一场大雪领着你奔跑
在冬天的夜里,永不回头

太阳河

有了路,我们就不会失去彼此
无论何时何地,相隔天涯
全凭这条空白的路连接着你我
心还在一起,一切都还在一起

一个季节从此开始

风,让我接到一个突如其来的电话
从黄昏的苏醒,走进第一场雪的心境
2013年的归途中,竟然生长了
一棵青枫树下堆积空空荡荡的泪珠

掀开夜幕的时候,你是不会想到的
因为黄昏把一切都收走了,留下一团
黑暗,吞噬你来不及带走的夜饭
冷水泡的,这一切让我看得清清楚楚

可是为什么,这场雪的背后
我怎么也看不见季节发芽的春天
之后就看到季节的前面
雪花稀里哗啦地散落在太阳河畔

是的,一个季节就这样突如其来
布谷鸟的鸣啼声也是颤抖和冰冷的
排着长队,一个接着一个地催促
你的体温能够保留的信息越来越少

这个季节对你而言,既是结束
也是开始,你的水烟筒渐渐地
冻结了墙上的休止符,而你的苞谷酒
醉倒了一个梦,从此一去不复返

对于我的生命,这个季节是永远的
开始,一段用灵魂跟你对白的誓言
当初的那个电话,成就了我们的契约
一个没有终点的季节就这样开始了

为你滴落如花的泪水

生命的长河只能与你擦肩而过
既然有缘有分,那就相依永久吧
逝去的躯体不能释怀笑容的挂念
你就当灵魂是个太阳河畔的过客
来去匆匆,自由抉择

对于我而言,除了你
其他都是无法琢磨的背影
颤动着空心的翅膀
随风游离,流转不变的期盼
我为你滴落如苞谷花的泪水

无论白天抑或夜晚
天边的云朵总会抚平你的忧愁
我们之间相亲相知是一种惦记
瞬间的灿烂无法改变永远的守护
于是,心路就一直这样走着

今生今世与你相遇,在仡佬寨
让我们一起倾听风长雨短
贴紧的两颗心融化朝日夕阳
共度如歌的岁月,就这样
在苞谷生长的季节慢慢升华

太阳河

即便是艰难地行走
也要快乐地停留，放下
装满生活的行囊，让心歇脚
等到有一天看透所有风景
我们会走遍太阳河无际的森林
回到梦里花落的故乡

回到那个有纪念意义的地方

回到我们最后一次见面的地方
静静地聆听你亲切的气息
不是因为别的,而是因为
你脚印的余温长满爱的渴望
我们相互依存的日子阳光灿烂

岁月在青枫树林里来回窜动
唱着我们内心的独白
很多欢乐的仡佬话让我们
沉迷于大致若简的生活节奏

这个地方还和从前一样
因为你的存在,茂盛的青枫树
使得整个春天充满诗意
有些事不在于你是否明白
而在于你想去弄明白的过程

回到那个曾经的地方
风在生锈的窗台上翻飞
我无法忘记那段栽种苞谷的时光
一切的一切都是那样清晰可见

你的笑声穿墙而过
在房屋的每个角落晃来晃去的
伴随阳光和布谷鸟叫声,还有

太阳河

淡淡的恩情化作绿叶绽放树梢
渲染一年又一年的春夏秋冬

日子这样悄无声息地散落天涯
我们把记忆牢牢钉在太阳下面
翻晒永不褪色的脚印,你的我的
以及所有留在仡佬寨的脚印

你的嘱咐悄无声息地发芽

一年一次回到仡佬寨
与你相处一段日子
那些清新的空气里
四周绿水青山
山绕着水，水缠着山
一切依旧遵守自然的法则
平静、安详，不停地轮回

你逐渐老去的皱纹
爬满极地般的脸颊
那些纹路开始细碎如丝
缠绕岁月，不停地生长

我终究还是要走，离开你
背后是褪色的九十九堡
我沿着山间小路走向远方
你的嘱咐悄无声息地发芽
在斑驳的记忆里

沿着这条山路一直向前
我们无法并肩而行
你始终牵着我的手
走向太阳升起的地方
你告诉我，追赶太阳
在秋天收割一片温暖

太阳河

一路走来,在你脚下
苞谷花开纷飞艳舞
你的背影渐行渐远
消失在山路的尽头
这就是我们的缘分
自然而来,自然而去

日子拿捏光滑了水烟筒

山里的日子是非常纯净的
纯净得连你都无法表达
这几十年的生活是怎样过的
以至于你,只好拿起水烟筒
狠狠地抽上几口,享受悠闲
又舒坦地吞吐烟雾打发日子
从顽童到老翁,你我都得到了
一种证明,铁证如九十九堡

由于反复揣摩,你的心
兴起了阵阵风声,很持久
变得越来越光滑而坚硬

在你的抽吸声中,烟叶变成灰烬
我听到水的波纹撞击水烟筒的音乐
依我看来,这种乐声来得那么轻松
那么动听,但你的眼神告诉我
水烟筒表面的光滑是一天天拿捏的
甚至,那些春暖花开的光景
也是经过寒冬腊月的酝酿与发酵的

从此以后,我明白你的沉默寡言
那是一种担当,一种历史的承载

于是,我只好静静地听着
你从水烟筒里传来的声音
那么熟悉,那么亲切
像苞谷酒蒸发出来的味道
依然如初,日子的变换交替
也拆散不了雕刻在水烟筒上的
一朵云,你留下的最后一道黄昏

等待布谷鸟升天

回想从前那些风干的日子
翻晒在阳光的刀尖上
你可以什么都不想
也可以什么都胡思乱想
犹如月光,稀里哗啦地
散落一地心灵的冰凉

无论过去的日子
还是今天的时光或者以后
对与错相互交替的那一瞬间
保存在瞌睡的梦中也好
消失在忙碌的生活里也罢
记忆终归还是记忆

你可以放弃一切淡淡的忧伤
也可以把忧伤晾在九十九堡
像冬眠一样耐心等着布谷鸟
顺从太阳河川流不息
渐渐地守候期盼的日子升天

此后,岁月绕过一道黄昏
你会看到一片丰腴无比的
渗透酒香的苞谷地
隐藏一串串冬天的记忆
向风摇摇晃晃的背影召唤

太阳河

列队整齐的布谷鸟亮出胸膛
带着你的归宿以及其他一切
降落太阳河厚实的河床

后　记

诗以言情，歌以咏志。抒写故乡与亲情，是文学书写中的永恒话题。我常常在心里想，对于生我养我长大的故乡与亲人，我该如何去报答？物质上我是无以回报了，因为故乡与亲人对于我，永远都是给予。我唯一能做的就是努力用诗歌把对故乡和亲人的养育之恩与感激之情表达出来，作为一种纪念或心灵上的慰藉，所以就有了《太阳河》这本集子。

我承认，我爱着那个在地图上找不到名字的偏远的只有几户人家的仡佬寨，我爱那些勤劳善良、宽容坚韧、诚实憨厚的亲人。虽然远在他乡学习、工作、生活四十多年，但他乡对于我而言，永远成不了故乡。我的灵魂依然脱离不了故乡与亲人，无论外界怎么看待他们，我都和他们站在一起，永不分离。

《太阳河》就是为了感恩养育我的故乡与亲人而专门创作的一组诗歌，以此来表达一个游子对故乡和亲人的爱。用诗歌来激励我，用诗歌来讴歌我对故乡和亲人的爱。诗集共有诗歌145首,分为三辑,第一辑:太阳河之歌,抒写故乡之情;第二辑:太阳河之子,抒写我与亲人之情;第三辑:太阳河涅槃,抒写怀念逝去的亲人之情。从不同角度抒发自己的一腔真情,字里行间透射着自己的感恩之心以及对人生的思考和激励。当然,《太阳河》并非一蹴而就。经过多年的点滴积累,终于汇聚成册,这也算是了却了自己埋藏多年的心愿。在写作上尽管还有很多不足之处,但是诗歌所表达的亲情与故乡情是真实的,充分显示了我对于故乡与亲人的爱恋,努力让读者不仅体会到诗歌源于生活的真挚情感,更感受到亲情与故乡情的真正魅力。

我一直认为诗歌是可以还原一切的。我的生活轨迹、我的情感世界以及我对人世间的爱恋,都可以用诗歌一一还原出来。人的生命历程其实就是一个诗意的过程。诗歌于我来说,是绚丽而深邃的梦,是内心情感与想象世界的探索,诗歌创作意味着自己在独自进行另外一种精神生活，诗歌带给我的是一种感动和愉悦，诗歌可以使我的灵魂升华到人生的巅峰。

我已经年过半百了，面对变幻莫测的生命，我努力拓展生命的宽度和厚度，在平凡而短暂的人生中做一些有意义有价值的事情，让人生充满诗意。一路走来，我的时间大多用于衣食住行这些常人该做的事，能静下心来写作的时间不多，所以写得很少，更谈不上有什么佳作。如果我的诗歌能够被一些人（哪怕是极少数人）接受，能够给一些人带来心灵上的滋润和安慰，使他们在尘世中得到一点温暖，那将是对我最大的慰藉，我也会因此而感到幸福和自豪。

关于《太阳河》的诞生，我要特别感谢我的师兄石才夫先生为诗集写序，他公务繁忙，工作之余还要通过文学创作来拓展自己的喜乐天地，能够抽空给我写序实属不易，这对我是莫大的鞭策，我真的感激不尽。当然我更忘不了众多亲朋好友一直以来的关心和支持,因为有他们的鼓励和陪伴,才使得我的生命寻找到了真正的精神家园,但愿这本集子像九十九堡的一朵迟开的小花,能给太阳河畔的仡佬寨增添一点色彩。

马丁·海德格尔说过,"人应该诗意地栖居在大地上"。我也想说,人也应该在故乡与亲人的情感之上诗意地生活。作为一个诗歌爱好者,我一直热爱着我的故乡和亲人,热爱着充满诗意的太阳河与九十九堡,热爱着充满浓浓情意的仡佬寨……无论走到哪里,即使地老天荒,我也会一直向前,永远向前,努力用诗歌来报答故乡与亲人。

郭金世

2022 年 2 月 22 日于南宁相思湖畔